# UNA MARIONETA EN SUS MANOS

## CATHY WILLIAMS

D1239455

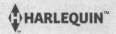

Editado por Harlequin Ibérica.
Una división de HarperCollins Ibérica, S.A.
Núñez de Balboa, 56
28001 Madrid

© 2015 Cathy Williams
© 2017 Harlequin Ibérica, una división de HarperCollins Ibérica, S.A.
Una marioneta en sus manos, n.º 2533 - 22.3.17
Título original: A Pawn in the Playboy's Game
Publicada originalmente por Mills & Boon®, Ltd., Londres.

I.S.B.N.: 978-84-687-9140-1
Depósito legal: M-43535-2016
Impresión en CPI (Barcelona)
Fecha impresion para Argentina: 18.9.17
Distribuidor exclusivo para España: LOGISTA
Distribuidores para México: CODIPLYRSA y Despacho Flores
Distribuidores para Argentina: Interior, DGP, S.A. Alvarado 2118.
Cap. Fed./Buenos Aires y Gran Buenos Aires, VACCARO HNOS

# Capítulo 1

NO ENTIENDO qué estás haciendo aquí –le espetó Roberto Falcone a su hijo, mientras le impedía el paso en la puerta principal–. Cuando te dije que no te molestaras en venir, lo decía en serio.

Alessandro se puso tenso, como siempre le pasaba cada vez que estaba con su padre. Por lo general, al menos, conseguían relacionarse con un mínimo de cortesía, antes de que él se diera media vuelta y saliera lo más rápido posible en dirección opuesta. En esa ocasión, sin embargo, habían pasado por alto las formalidades. Ante él, se abría la perspectiva de un fin de semana de lo más difícil.

Ambos tendrían que soportarlo, porque no les quedaba elección.

–¿Vas a dejarme entrar o vamos a tener esta conversación en la puerta? Si es así, iré a buscar mi abrigo al coche. Prefiero no morir congelado.

–No vas a morir de frío –señaló Roberto Falcone–. Vivimos en un clima prácticamente tropical.

Alessandro no se molestó en discutirlo. Tenía mucha experiencia en mostrar desacuerdo con su padre. Roberto Falcone podía tener ochenta años pero, aun así, nunca se rendía sin presentar batalla. Aunque se tratara de pelear por si cinco grados centígrados era temperatura fría o no. Era un hombre duro que había vivido siempre en Escocia y pensaba que las condiciones climáticas adversas eran un reto emocionante. En su opinión, los verdaderos hombres limpiaban la nieve del camino medio desnudos y descalzos. Su hijo era un blando que vivía en Londres y encendía la calefacción cada vez que el sol se nublaba un poco.

Nunca llegarían a un acuerdo.

Por esa razón, solo se veían tres veces al año y cada visita duraba lo justo para mantener una breve conversación formal.

Sin embargo, esa visita era más que un formalismo. Y Alessandro había contado con que su padre no se lo pondría fácil.

—Iré por el abrigo.

—No te molestes. Ya que has venido, supongo que no me queda más remedio que dejarte entrar. Pero, si crees que voy a irme a Londres contigo, estás muy equivocado. No pienso capitular.

Ambos hombres se miraron un momento. La expresión de Roberto era fiera y decidida, la de su hijo, velada.

—Hablaremos de eso dentro —dijo Alessandro—. ¿Por qué has abierto tú la puerta? ¿Dónde está Fergus?

—Es fin de semana. El pobre se merece un descanso.

—Has tenido un ataque al corazón hace seis meses y todavía te estás recuperando de una fractura de pelvis. Fergus cobra lo suficiente como para renunciar a descansar.

Roberto hizo una mueca de protesta. Alessandro, sin embargo, estaba decidido. Le gustara o no, su padre iba a regresar a Londres con él tres días después. Cuando la casa hubiera quedado vacía, todo sería embalado y enviado al sur.

Una vez que Alessandro tomaba una decisión, el tema no estaba abierto a discusión. Su padre ya no podía seguir viviendo solo en aquella gigantesca mansión victoriana, incluso aunque contratara a un ejército de criados. Tampoco podía ocuparse de los acres de terreno y los jardines. A Roberto le gustaban las plantas. Por eso, le mostraría los encantos de los jardines de Kew, en Londres.

La verdad era que Roberto Falcone estaba demasiado frágil, quisiera admitirlo o no, y necesitaba vivir en un sitio más pequeño y más cerca de su hijo.

–Iré por mi bolsa de viaje –indicó Alessandro–. Entra en la casa. Me reuniré contigo en el salón. Espero que no le hayas dado el fin de semana libre a todos los empleados... pensando que necesitaban tomarse un descanso del trabajo que tan generosamente pagamos.

–Puede que seas dueño y señor de tu mansión de Londres y no me atrevería a cuestionarte si decides darle una semana libre a quienquiera que trabaje para ti. Pero esta es mi casa y yo aquí hago lo que quiero.

–No empecemos a pelear –rogó Alessandro con voz cansada. Miró al viejo que tenía delante, todavía con la cabeza poblada de pelo, ojos de mirada intensa y la altura impresionante de un metro noventa. Lo único que delataba su vulnerabilidad era el bastón que llevaba en la mano y, por supuesto, un montón de informes médicos.

–Freya está en casa. Hay comida en la cocina. Allí me encontrarás. Si hubiera sabido que ibas a venir, le habría pedido que preparara algo menos simple. Pero tendrás que conformarte con salmón con patatas.

–Sabías que iba a venir –señaló Alessandro con impaciencia. Un soplo de aire helado le echó el pelo hacia la cara–. Te escribí un correo electrónico.

–Debí de pasarlo por alto.

Apretando la mandíbula de pura frustración, Alessandro vio cómo su padre despejaba la puerta.

Llevárselo a Londres iba a ser un gran paso. Apenas tenían nada que decirse. De todas maneras, él no podía permitirse viajar al interior de Escocia cada vez que su padre sufría algún incidente. Y no tenía más hermanos con quien compartir la carga.

Alessandro había sido hijo único, enviado a un internado desde lo siete años. Había regresado a la enorme mansión familiar todas las vacaciones. Allí, las niñeras, las cocineras y las limpiadoras habían desempeñado el rol parental. Su padre nunca había tenido tiempo para él. Por lo general, había aparecido solo al final del día, para cenar juntos en polos opuestos de la enorme mesa del comedor, rodeados de criados.

Pronto, Alessandro había tenido edad suficiente para empezar a pasar las vacaciones en casa de amigos. Su padre nunca había puesto objeción. Él sospechaba que, incluso, lo había visto como un alivio. Así, se había ahorrado tener que mantener absurdas conversaciones formales en las cenas.

Al fin, había dejado de buscar razones para entender la frialdad de su padre. Había dejado de preguntarse si las cosas habrían sido distintas en caso de que se hubiera vuelto a casar tras la muerte de Muriel Falcone.

Colgándose la bolsa de viaje al hombro, pensó que iba a tener que encontrarle algunos hobbies al viejo en cuanto llegaran a Londres.

Iba a necesitar tener pasatiempos que lo sacaran del lujoso piso de tres habitaciones en la planta baja de un edificio con todas las comodidades que le había comprado. Si estaba ocupado, su padre sería feliz. O, al menos, no le molestaría. Si se veían demasiado, sin duda, iba a ser incómodo para los dos.

Volver a la mansión Stadeth era, para Alessandro, como volver a un mausoleo. Había decidido poner la propiedad a la venta aunque, al estar allí, no pudo evitar admirar los impresionantes muros de piedra y todos los detalles de otras épocas que adornaban el lugar.

La mansión había sido muy bien cuidada. Su padre procedía de una familia rica y había sabido mantener e incrementar su fortuna. Tampoco había reparado en gastos a la hora de cuidar su propiedad. Siempre había sido generoso con el dinero, aunque no con otros aspectos de su vida.

Alessandro encontró a su padre en la cocina donde, a pesar de lo que había dicho, no estaba el ama de llaves. Frunció el ceño.

–Dijiste que Freya se ocuparía de la comida.

Roberto le lanzó a su hijo una mirada ceñuda bajo espesas pestañas grises.

–Se fue a las cuatro. Me he acordado al ver su nota en el frigorífico. Olvidé decírtelo –explicó el viejo. Se sirvió una copiosa cantidad en el plato y se sentó–. Su perro está enfermo. Freya ha tenido que llevarlo al veterinario. Son cosas que pasan. Y, antes de que te lances a decirme que has venido a llevarme a Londres, come algo y habla de otra cosa. Hace meses que no venías. Debes de tener algo que contarme aparte de tu empeño en rescatarme de la vejez.

–El trabajo me va bien –dijo Alessandro y posó los ojos en el pedazo de pescado con desgana. Freya había sido la cocinera de su padre durante los últimos quince años. Era una mujer flaca de sesenta años que apenas sonreía y tenía un pésimo talento culinario. Su menú era tan espartano como ella misma. Patatas, algunas verduras y pescado, siempre sin ningún aderezo que pudiera darle algo de alegría–. He comprado tres hoteles al otro lado del Atlántico. He decidido adentrarme en nuevos sectores, además de mi compañía de telecomunicaciones.

Alessandro había ido a los mejores colegios, siempre había tenido más dinero en el bolsillo del que había podido gastar, había gozado de coches caros desde la adolescencia, pero nunca había mostrado el más mínimo interés en el imperio de Roberto Falcone. Cuando había empezado a ganarse la vida, lo había hecho sin ayuda de su distante y severo padre.

Tampoco Roberto le había ofrecido un lugar en su compañía. Hasta hacía una década, siempre la había dirigido él solo.

Alessandro, por su parte, no había aceptado dinero para empezar a fundar su propia empresa. Había echado mano de su cerebro para sobresalir en la universidad y en todo lo que se había propuesto. Cuanto menos tuviera que ver con Roberto Falcone, mejor, pensaba. Mantenían contacto, el mínimo posible, y eso era todo.

–¿Sigues persiguiendo a las mismas idiotas que perseguías la última vez que te vi? ¿Cómo se llamaba la que trajiste aquí? Me acuerdo de que no quería ir al jardín porque había llovido y no quería mancharse los tacones de barro –se burló Roberto.

–Sophia –dijo Alessandro con la mandíbula apretada.

Era la primera vez que su padre manifestaba su abierta desaprobación por las mujeres con las que salía. Alessandro había llevado a Sophia en esa ocasión pensando que una tercera persona lo ayudaría a sobrellevar los incómodos silencios que surgían en la conversación con su padre.

Aunque era cierto que no solía salir con mujeres muy inteligentes, compensaban esa carencia de sobra con su aspecto. Le gustaban con piernas largas, pelo largo, esbeltas y muy hermosas. Su cociente intelectual no le importaba demasiado. Solo esperaba de ellas que lo complacieran, dijeran que sí cuando convenía y no buscaran nada serio.

–Sophia... eso es. Una chica guapa, pero con poca conversación. Me imagino que eso no te molesta, ¿eh? ¿Qué ha sido de ella? –preguntó Roberto.

–Me temo que lo nuestro no salió bien –repuso Alessandro. Su padre andaba muy equivocado si creía que iba a meterse en su vida personal. Una cosa era ser civilizados y otra sumergirse en su intimidad. ¿Era esa la estrategia que su padre pensaba usar para impedir que se lo llevara a Londres?

–La razón por la que he sacado el tema... –comenzó a decir el viejo y se terminó el último pedazo de salmón–... es que, si esa es la clase de gente que hay en tu ciudad, entonces, es una razón más para no moverme de aquí. Así que ya puedes empezar a buscar inquilinos para esa casa que has comprado.

Había muchas clases de personas en Londres. ¿Y quiénes eran los amigos de su padre, de todas maneras? Alessandro había conocido a uno o dos por casualidad, cuando se los habían encontrado alguna noche que habían salido a cenar. Sin embargo, no tenía ni idea de si su padre los veía a menudo o no.

Como muchos otros aspectos de la vida de Roberto, ese era otro gran misterio para Alessandro.

Se había entrenado, a lo largo de los años, para no sentir curiosidad. Y no pensaba cambiar.

–Algunos pueden tener más temas de conversación que el tiempo, los cambios de marea y la pesca de salmón –indicó Alessandro–. Cambiando de tema, veo que Freya sigue destacando por sus dotes de chef...

–Comida sencilla para un hombre sencillo –repuso Roberto con frialdad–. Si quisiera algo más sofisticado, habría contratado a uno de esos cocineros que salen en televisión, tienen restaurantes de pescado en el interior y usan ingredientes de los que nadie ha oído hablar jamás.

Por primera vez en su vida, Alessandro tuvo ganas de sonreír ante el comentario de su padre.

Entonces, se recordó a sí mismo que no era más que

la calma antes de la tormenta. La verdadera batalla iba a empezar cuando sacara el tema que lo había llevado hasta allí.

Alessandro se levantó, irritado porque una tarde de viernes no hubiera ningún empleado allí para recoger la mesa.

–Tengo que tener terminado un asunto de trabajo a las diez de esta noche –señaló él, se miró el reloj y posó los ojos en su padre.

–Nadie te retiene –dijo su padre, indicando con la mano hacia la puerta.

–¿Ahora vas a acostarte?

–Quizá, no. Igual doy un paseo por los jardines para apreciar el valor de los espacios abiertos antes de que me manipules para encerrarme en un piso de ciudad.

–¿Freya estará mañana? ¿O tendrá que seguir atendiendo a su perro? –quiso saber Alessandro–. Si planea pasarse el fin de semana con su mascota, iré al pueblo a primera hora para comprar algo de comida que sea fácil de cocinar. Lo justo para el fin de semana –añadió.

–No es necesario que cocines para mí. Puedo hacerlo solo.

–No me importa.

–Si no viene la cocinera, enviará a alguien en su lugar. A veces, hace eso.

–¿Te ha dejado tirado más veces esa maldita mujer? ¡Eché un vistazo a las cuentas la última vez que estuve aquí y le pagas una fortuna! ¿Quieres decir que se toma el día libre cada vez que le apetece?

–¡Quiero decir que es mi dinero y que lo gasto como quiero! ¡Si quiero pagar a alguien para que venga una vez a la semana y me baile encima de la mesa, es asunto mío!

Alessandro se encogió de hombros al fin.

–Si ella no puede venir, mandará a alguien en su lugar –repitió Roberto, malhumorado.

–Bien. En ese caso, dejaré los platos sucios para que ella o su sustituta tengan algo que hacer cuando lleguen. Ahora, voy a trabajar un poco. ¿Puedo usar tu despacho?

–¿Qué puede hacer un viejo inútil con un cerebro defectuoso en un despacho? –replicó Roberto, haciendo un gesto de desprecio con la mano–. Es todo tuyo.

Cuarenta y cinco minutos más tarde de lo que había planeado, Laura Reid se montó en la bicicleta y salió de la casa que compartía con su abuela.

Las cosas sucedían a un ritmo diferente allí. Llevaba casi un año y medio en el pueblo y no se había acostumbrado del todo. Quizá, nunca lo haría.

Era una mañana de sábado fría y despejada. Había tenido intención de levantarse al amanecer, zanjar todos sus quehaceres y, alrededor de las nueve, ir a la mansión. Pero las intenciones eran una cosa y la realidad, otra.

Había ido gente a verla. Su abuela se había ido a Glasgow a casa de su hermana durante dos semanas y todas las almas bienintencionadas del lugar se habían pasado por allí para asegurarse de que Laura estuviera bien, como si la ausencia de su abuela propiciara toda clase de horribles desastres. ¿Estaba comiendo bien? Ojos curiosos se fijaban en la cocina con esperanza de verla llena de guisos. ¿Se había acordado de que la recogida de basura se había cambiado de día porque el hijo de Euan había tenido que ir al hospital?

¿Se estaba acordando de mantener la leña seca? ¿Se aseguraba de cerrar con llave todas las puertas por la noche? Mildred le había contado a Shona que Brian le había contado a su hija Leigh que habían encontrado ladrones en un pueblo vecino. Había que ser cuidadoso.

Laura pedaleó con fuerza mientras salía del pueblo, disfrutando de sentir el viento en la cara.

Aquel ambiente significaba libertad y paz para ella. De alguna manera, su vida había dado un giro de trescientos sesenta grados y había vuelto al punto de partida.

La joven que se había ido entusiasmada a Londres para trabajar como secretaria del director de una gran compañía de móviles se había esfumado. Al menos, en el presente, cuando recordaba esa etapa de su vida, lograba no dejarse invadir por la amargura y la desesperación. Era capaz de ponerlo todo en perspectiva y estar orgullosa de lo que había aprendido.

Había trabajado en una compañía muy agresiva y puntera. Había disfrutado del ritmo ajetreado de la gran ciudad. Había viajado en metro y se había mezclado con las multitudes en hora punta. Había comido a la carrera y había salido de bares con sus amigos.

Después de dos años en esa vida llena de excitación y frenesí, había conocido a un tipo. Había sido tan diferente de los hombres que había conocido en su vida que se había enamorado sin remedio.

La única pega era que había sido su jefe. No su jefe directo, sino el jefe de su jefe, recién llegado a Londres desde Nueva York.

Había sido tan ingenua como para no darse cuenta de todas las señales que advertían de que el galán en cuestión se sentía atraído por muchas más mujeres, además de ella.

Hombre rico, poderoso, guapo, con hoyuelos y pelo ondulado rubio, treinta y cuatro años y soltero...

Laura había estado en las nubes. No le había importado que él no hubiera podido quedar algunos fines de semana porque había ido a visitar a su padre enfermo en New Forest... Ni le había importado que, cuando habían salido a cenar, siempre había sido en sitios pequeños y oscuros a las afueras de la ciudad. No había titubeado cuando él le había dicho que no debía llamarlo y que, además, odiaba las largas conversaciones por teléfono...

–¡Nunca hay un momento adecuado para hablar por teléfono! –había señalado él en tono de broma–. O estoy en el supermercado, a punto de pagar, o en la autopista, o a punto de meterme en la ducha... ¡Deja que sea yo quien te llame!

Había pasado un año más hasta que Laura lo había sorprendido, por casualidad, con una rubia del brazo y una niña pequeña en un carrito.

Se había enamorado de un hombre casado. Había sucumbido a su encanto y a sus palabras manipuladoras.

Nada más descubrirlo, Laura había presentado la dimisión en el trabajo y se había marchado. Estaba segura de que había sido lo mejor. El trabajo de secretaria, además, no estaba hecho para ella. Había sido un puesto bien pagado, pero le gustaba mucho más ser maestra.

Lo bueno era que había aprendido la lección. Nunca volvería a fijarse en un hombre que estuviera fuera de su alcance. Si parecía demasiado bueno para ser verdad, probablemente, lo sería.

Era una mañana heladora y los dedos comenzaban a dolerle del frío, a pesar de sus guantes.

Cuando miró hacia atrás, el pequeño pueblo había desaparecido. A su alrededor se extendía el campo verde e interminable.

Aminoró la marcha. No había ningún lugar tan hermoso como Escocia. Allí era donde había crecido, en un pueblo muy parecido. Se había mudado a vivir con su abuela cuando sus padres habían muerto. Solo había tenido siete años entonces. Poco a poco, había aceptado su pérdida y se había adaptado a su nuevo hogar.

Subió una colina con la bicicleta y, un poco más allá, vislumbró la entrada a la finca de Roberto.

Nunca se cansaba de hacer ese camino. En verano, era precioso, de color verde vibrante, con árboles exuberantes. En verano, los árboles desnudos eran también impresionantes, erguidos hasta casi tocar las nubes.

Un monovolumen negro desconocido le llamó la atención. Paró de golpe al verlo, se bajó de la bicicleta y caminó despacio hacia la puerta principal.

Era toda una sorpresa, porque Roberto casi nunca tenía visita. Al menos, no de gente de fuera del pueblo. Su abuela le tenía mucho cariño. Y, a veces, el viejo se juntaba con otras personas mayores del pueblo. Pero no era habitual ver a forasteros por allí.

Preocupada, Laura se encogió. Debía de ser el hijo de Roberto, adivinó. Ella no lo conocía y lo poco que Roberto le había contado de él no le había causado ninguna buena impresión.

Llamó al timbre y esperó, con el corazón acelerado.


Dentro de la casa, en el saloncito donde se había retirado después de un tenso desayuno con su padre, Alessandro oyó el timbre de la puerta y maldijo.

La criada no se había presentado. Su padre, que estaba empeñado en no atenerse a razones, se había ido al invernadero donde, según él, podía tener una conversación más interesante con las plantas.

Alessandro había decidido sacar a su padre a cenar esa noche porque, de esa manera, el viejo no podría escabullirse a ninguna parte cuando sacara el temido tema de conversación.

Cuando abrió la puerta, estaba de muy mal humor.

No podía dejar de pensar que había malgastado el fin de semana al ir allí.

Una joven paralizada delante de la puerta, con una bicicleta agarrada del manillar, le sorprendió.

Parecía sacada de otra época. Era bajita y redondeada, con el pelo cobrizo recogido en una coleta y los ojos...

Eran del color verde más puro que había visto.

–Ya era hora.

–¿Cómo?

Laura parpadeó y se quedó mirándolo perpleja, antes de bajar la vista al suelo.

Alessandro no se molestó en responder. Se hizo a un lado y se dirigió a la cocina sin decir más, esperando que ella lo siguiera.

Laura levantó la vista a su espalda, cada vez más furiosa.

–Me gustaría saber qué pasa –dijo ella, acelerando el paso para seguirlo.

–¿Qué pasa? –repitió él, girándose–. Que la cocina necesita una limpieza, para eso te pagan. Corrígeme, si me equivoco.

Apoyado en la encimera de granito, Alessandro observó a la pequeña pelirroja que lo contemplaba con resentimiento desde la puerta. A nadie le gustaba que le reprendieran, pero, a veces, era necesario.

–Entiendo que Freya no pudiera venir a trabajar ayer porque su perro estaba enfermo. Pero no puedo creer que no se haya dignado a mandar a una sustituta hasta hoy. ¡Y encima llega después de las diez de la mañana!

Plácida por naturaleza, Laura estaba empezando a descubrir la nueva sensación de pasar del frío a que le hirviera la sangre en cuestión de segundos. Cruzándose de brazos, le lanzó una mirada asesina.

–Si la cocina está sucia, ¿por qué no las has limpiado tú mismo?

—¡Fingiré no haber oído eso!

—Me gustaría ver a Roberto...

—¿Y por qué? –preguntó él, mirándola con intensidad–. A mi padre puedes engatusarlo con cualquier historieta lastimera sobre tu perrito enfermo, pero yo soy más duro de pelar. Deberías haber llegado a las ocho. ¡Que yo sepa, te pagan de sobra para que lo hagas! –le espetó. Sin embargo, no importaba demasiado, pensó, teniendo en cuenta que su padre se mudaría de allí, como tarde, a finales de mes.

—¿Me estás amenazando?

—No es una amenaza. Es un hecho y, la verdad, deberías estar contenta de que no te despida en el acto.

—¡Esto es demasiado! ¿Dónde está Roberto?

—¿Roberto? –repitió él. No recordaba que Freya se hubiera referido nunca a su padre por su nombre de pila. Afiló la mirada, acercándose hacia ella.

Como un depredador con los ojos clavados en su presa, dio una vuelta alrededor de Laura antes de detenerse delante de ella, con los brazos todavía cruzados y expresión pensativa.

—Interesante.

—¿Qué? ¿Qué es interesante? –preguntó Laura, nerviosa. Dio un paso atrás, pues su cercanía le resultaba sofocante. Se dijo que no era solo porque era un hombre guapísimo. Algo en él le daba escalofríos.

—Es interesante que la sustituta se refiera a su jefe por su nombre de pila. Un jefe que es muy rico, por cierto.

—No te sigo.

—Chica joven... más o menos atractiva... hombre mayor... rico... Estoy sumando dos y dos y no me gusta el resultado de la cuenta.

Laura se sonrojó de furia.

—¿Me estás acusando de... de... de...?

–Lo sé. Incomprensible, ¿verdad? Mi padre tiene ochenta años, más dinero del que puede gastar y una mocosa que no debe de tener más de... ¿cuánto?... veintidós lo llama por su nombre de pila y parece desesperada por verlo porque, al parecer, él sabrá cómo rescatarla de una situación incómoda. Apesta. Aunque igual estoy siendo injusto, quién sabe.

–Tengo veintiséis –recalcó ella. ¿La estaba acusando de ser una buscona? ¿Había dicho que era «más o menos» atractiva? ¿Podía insultarla más todavía?

–Veintidós, veintiséis, qué más da. Sigues siendo lo bastante joven como para ser su nieta. Es una suerte que haya venido para ver con mis propios ojos lo que está pasando.

–Yo no soy su empleada.

–¿No? –repuso él, arqueando las cejas. Estuviera contratada o no, esa mujer era una oportunista, pensó. Aunque debía admitir que el viejo tenía buen gusto. De cerca, sus ojos eran todavía más impresionantes. Su piel parecía de satén, salpicada de pecas hacia la nariz. Y su boca...

Alessandro posó la mirada en sus labios, que eran carnosos y perfectamente delineados.

Sin duda, no era una modelo de pasarela, pero tampoco era una mujer que un hombre echara de su cama una noche de lluvia.

No llevaba maquillaje, lo que resultaba aun más atractivo. Estaba claro que había conseguido embelesar a su padre. Quién sabía todo el dinero que había conseguido sacarle ya.

–¡No! –gritó ella. Le ardía la piel bajo su escrutinio, aunque no apartó la mirada.

–Entonces, ¿quién eres?

–Soy Laura. Una amiga. Lo habrías averiguado si hubieras ido a buscarlo.

–Oh, iré a buscarlo –replicó él con tono burlón–. Pero antes tú y yo tenemos que charlar. ¿Por qué no tomas asiento, Laura? Vamos a... conocernos. No, mejor dicho, yo voy a conocerte y tú vas a entender quién soy.

Cuando Alessandro sonrió, ella lo miró furiosa. En parte, por sus indignantes acusaciones y, sobre todo, porque le resultaba irremediablemente atractivo.

–Bien –respondió ella. Si quería charlar, tenía unas cuantas cosas que decirle. Se quitó el impermeable y se acercó con decisión a la mesa de la cocina–. Luego, quiero ver a tu padre.

# Capítulo 2

SABES quién soy.

Alessandro no tenía ni idea de quién era ella, pero ella sí lo conocía. Si era una amiga de su padre, debía de ser una amiga con derecho a roce, pues él conocía a su padre y sabía que Roberto Falcone no era un hombre dado a tener conversaciones amistosas. Solo hablaba cuando era imprescindible. Como muestra, todas las cenas que habían compartido en absoluto silencio, una vez que habían agotado las fórmulas de cortesía.

–Por supuesto que sé quién eres. ¿Por qué no iba a saberlo? Eres Alessandro, el hijo que nunca viene a Escocia, si puede evitarlo.

Alessandro hizo una mueca.

–¿Mi padre ha dicho eso?

–No hacía falta. Quieres llevarte a tu padre a Londres porque es más fácil para ti. ¿Cuándo fue la última vez que viniste aquí?

–¿De qué conoces a mi padre? –preguntó él con tono abrupto, cortando el tema de conversación en seco. Estaba claro que aquella mujer no era una empleada de servicio. Su insolencia y su tozudez lo demostraban. Le recorrió el cuerpo con la mirada, comprobando que tenía las curvas perfectas en los sitios adecuados. Pequeña y voluptuosa... algo que, combinado con su rostro juvenil y sin maquillaje, era tremendamente sexy.

Alessandro se sentó al otro lado de la mesa. La cocina era uno de los pocos lugares informales en la gran mansión. Estaba amueblada con madera de pino, el horno era grande y viejo y los armarios estaban bastante gastados también. Aquella estancia no se parecía en nada a la imagen severa y fría que tenía de su padre.

–No he venido para que me interroguen. No tengo respuesta a tus preguntas. ¿Dónde está? He venido a preguntarle si necesita que le compre algo en la tienda. No esperaba encontrarte aquí.

A Alessandro le resultó bastante ofensivo todo lo que había dicho, desde su tono de voz a su negativa a responderle. Además, hablaba como si él fuera responsable de que su padre no estuviera allí. ¿Qué creía? ¿Que lo había escondido en un armario?

–También quiero decirte que me ofende tu insinuación de que, a causa de que soy joven, solo soy amiga de tu padre porque es rico. No tienes derecho a acusarme de algo así. ¡Ni siquiera sabes quién soy! –exclamó ella y se inclinó hacia delante, roja de furia. Estaba más enfadada, incluso, que cuando había descubierto que el amor de su vida había estado casado y con hijos. El arrogante hombre que la observaba con helador desprecio en ese momento era capaz de sacarla de sus casillas como nadie había hecho.

–La verdad, me importa un pimiento que te ofendan o no mis insinuaciones –contestó él–. Pretendo proteger los intereses de mi padre y, si eso implica echar a una supuesta amiga, lo haré. Responde a mis preguntas y podremos continuar. Sigue echando espuma por la boca y te mandaré de vuelta en tu bici.

–¡No estoy echando espuma por la boca!

–¿Desde hace cuánto tiempo conoces a mi padre?

Frustrada, Laura se quitó la goma de su cola de caballo y se pasó los dedos por el pelo suelto. Él se quedó sin respiración. Era una melena larga, más larga de lo que había esperado, de precioso color cobrizo. Incómodo, apartó la vista y frunció el ceño.

–Desde hace años –respondió ella. Con reticencia, le dio la información que él quería porque tenía la sensación de que no pararía hasta conseguirla.

En cierta manera, Laura entendía su punto de vista. Roberto era un hombre muy rico y eso lo convertía en objetivo potencial para busconas. Además, ella era demasiado joven para ser su amiga, aunque solo fuera «más o menos» atractiva. Una cosa era no hacerse ilusiones sobre el propio atractivo. Y otra muy distinta era que alguien señalara sus carencias físicas sin molestarse en ser amable.

Laura sabía que no era una mujer despampanante. Había vivido en Londres lo bastante como para saber que las chicas altas y delgadas eran las que triunfaban.

Sin embargo, ¿qué necesidad había tenido él de señalarlo? Su desagradable insulto le resonó en la cabeza. Qué hombre tan odioso, pensó.

–Años... –dijo Alessandro, frunciendo el ceño. Ella no mentía. Lo sabía por la expresión de su rostro. ¿Pero cómo era posible que él hubiera ignorado su existencia?

–Antes de irme a Londres –continuó ella–. Roberto estaba en el mismo grupo de jardinería que yo y... que yo. Le encanta la horticultura, ya sabes. Y jugar al ajedrez. Desde que volví de Londres, he estado jugando con él una vez a la semana. Es un excelente jugador.

–¿Me estás diciendo que mi padre solo te interesa como jugador de ajedrez y como jardinero?

–No se trata solo de jardinería –puntualizó ella–. Es la emoción de encontrar plantas raras, intentar crear híbridos interesantes... –añadió, ante la expresión vacía de su interlocutor–. Supongo que no tienes plantas donde vives. Roberto dice que vives en un piso.

–En un ático. Y no, no tengo plantas –repuso él–.
Así que jugáis al ajedrez y habláis de plantas.

–Bastante –dijo ella. El silencio llenó la habitación
durante un largo momento–. Se llaman hobbies. Tú
debes de tener alguno...

–Trabajo –señaló él–. Y... juego –añadió con una
repentina sonrisa que transformó su rostro severo en un
estudio de seducción–. Ambos son mis hobbies...

Laura se sonrojó, incapaz de dejar de mirarlo. Cuando
se humedeció los labios, nerviosa, vio qué él seguía el
movimiento con los ojos y se sonrojó todavía más.

–¿Juegas? –preguntó ella, todavía roja como un tomate, observando el sexy rostro de su interlocutor, que
no dejaba de sonreír.

–Oh, sí. Se me da muy bien jugar.

Laura parpadeó, forzándose a bajar de las nubes.

–Bueno, pues tu padre disfruta con el ajedrez, las
plantas y...

–¿Y?

–Y algunas cosas más. Tiene que cuidarse después
del ataque al corazón y no ha empezado a recuperarse
hasta el otoño. Pero pronto podrá volver a hacer las
cosas que más le gustan.

–¿Qué cosas? –inquirió él. No tenía ni idea de qué
más podía entretener a su padre, aparte de la horticultura. ¿Saltos de altura? ¿Navegar cascada abajo?

Laura se encogió de hombros con gesto evasivo.

–Cosas normales. Lo importante es que ahora puede
volver a hacer lo que le gusta. Así que puedes regresar a
Londres y quedarte tranquilo, porque aquí lo cuidamos
bien. No hace falta que te preocupes por venir a verlo. Ni
mucho menos, es necesario que vengas a controlar a sus
amigos o a sus empleados. No hace falta que vengas a
vigilar, a despedir a la gente, a bajarles el sueldo o cualquiera de esas cosas que creas necesarias...

Alessandro contempló perplejo a la mujer de cara sonrosada que lo miraba desafiante. ¿Cuándo había sido la última vez que alguien le había hablado así? Si lo pensaba bien, ninguna mujer se había atrevido a pasarse de la raya con él, nunca.

–Antes de que pasemos a la parte jugosa de lo que tengo que decirte... –comenzó a decir él y se recostó en su silla, cruzándose de piernas con aspecto relajado–. Tengo curiosidad.

–¿Sobre qué? –preguntó ella. No se tragaba su postura relajada. Asemejaba a la de un depredador a punto de saltar sobre su víctima.

–¿Qué te hizo volver de Londres a... este agujero? –preguntó él con tono sedoso y letal.

A Laura le hirvió la sangre de nuevo. Respiró hondo, tratando de calmarse.

–Esto no es un agujero. Si te tomaras el tiempo de mirar a tu alrededor, te darías cuenta de que es uno de los lugares más hermosos del mundo. Escocia lo tiene todo. Tiene castillos, lagos, ríos, montañas, playas... Es un sitio maravilloso y pacífico...

–Interesante. Yo soy más urbanita. ¿Es una invitación a mostrarme las delicias del paisaje?

–¡Por supuesto que no!

Alessandro rio y lo hizo de corazón, divertido al contemplar la cara sonrojada de su interlocutora.

–Qué pena. Una visita guiada podría convencerme de los encantos del lugar. Entonces, volviste aquí porque tiene lagos y castillos y es bonito.

Laura pensó que sus razones para haber vuelto a Escocia no eran asunto de aquel tipo. Sin embargo, parecía demasiado insistente y adivinó que no la dejaría en paz si no respondía. Los secretos siempre azuzaban la curiosidad de la gente. Quizá, era mejor contestar.

–En parte, porque mi abuela tuvo una recaída –dijo

ella. En cierta medida, era cierto. Así, dejaba fuera de la ecuación la principal razón, su historia de amor fracasada en Londres.

–¿Recaída?

–Tenía problemas de equilibrio y se mareaba. Vive sola y yo quería cuidarla –explicó ella con aire nostálgico–. Ella me cuidó cuando mis padres murieron. Por eso, siento que se lo debo.

Alessandro no pudo evitar pensar en su padre. Había ido a llevárselo a Londres, porque eso era lo mejor. Para empezar, en la gran ciudad había mejores médicos y más opciones de tratamientos. ¡Allí recibiría la mejor atención!

–Muy loable por tu parte –murmuró él–. Imagino que debió de ser difícil dejar la excitante vida de la ciudad para encerrarse en este lugar tan tranquilo. ¿A qué te dedicabas en Londres?

En realidad, a él no le importaba, se dijo Laura. Solo quería investigar si era una amenaza para la fortuna de su padre o no.

Se preguntó por qué había tenido que ir a visitar a Roberto justo ese día. Y, sobre todo, se maldijo a sí misma por no haber dado media vuelta cuando había visto el monovolumen negro allí aparcado, intuyendo la presencia de su hijo.

El destino, sin duda, se estaba riendo mucho a sus expensas.

–Trabajaba como secretaria –indicó ella y bajó la vista.

–¿Para qué empresa?

–¡No entiendo para qué quieres saberlo! –protestó ella con las mejillas sonrojadas.

–Tienes razón. No sabía que fuera secreto de estado, perdona.

–No pasa nada –repuso ella. Sin embargo, por alguna razón, le costaba decir el nombre de la compañía en voz alta. ¿Era porque temía que le recordara a Colin? ¿Era porque no quería revivir lo estúpida que había sido por haberse dejado engañar por un cerdo?

Cuando levantó la vista, Alessandro tenía los ojos clavados en ella. Con un respingo, ella le dio el nombre de la compañía.

—Aunque no es asunto tuyo.

—Conozco esa compañía —murmuró él, mirándola como si pudiera penetrar en su mente—. Y, por supuesto, me interesa saberlo todo de los amigos de mi padre... ¿Qué tiene de raro?

—No creo que hayas estado interesado antes —señaló ella—. Podías haber venido a visitarlo cuando había algún evento, podías haberte unido...

—¿Qué evento?

—Bueno, ya sabes... nosotros, los pueblerinos, solemos reunirnos para bailar en los establos una vez al mes, por lo menos, y no olvidemos la fiesta anual de la barbacoa, en que nos juntamos para admirar nuestros bellos campos...

Alessandro rompió a reír.

Así que, además de sexy, aguda y bocazas... era graciosa.

—Yo prefiero los bailes en los establos de Londres. Y me gustan las barbacoas de ciudad, en que nos juntamos para admirar la polución. Es divertido...

Laura tuvo que hacer un esfuerzo para contener la risa.

—Es bueno que lo visites —admitió ella a regañadientes—. Supongo que has venido porque estabas preocupado. Pero, como te he dicho, no hace falta. Yo intento venir a verlo todos los días después del trabajo.

—¿Sí? ¿Has encontrado otro puesto de secretaria aquí? —preguntó él. No estaba seguro de qué empresas había en el pueblo. Desde luego, la región no era un centro económico floreciente.

—Me di cuenta de que el trabajo de secretaria no me gustaba.

—¿No?

—Cuando volví, acepté un puesto de maestra y me encanta. Trabajo en la escuela de primaria. Es pequeña y solo tiene un puñado de niños en cada clase, pero es muy satisfactorio.

—Maestra.

—Las horas de trabajo son aceptables y, además, tengo muchas vacaciones. Como es un sitio pequeño, conozco a todas las madres —añadió ella. Era un empleo maravilloso y no tenía nada de que avergonzarse. Aun así, no pudo evitar sentirse un poco pueblerina al contárselo a Alessandro.

—Muy bonito.

—Supongo que todo esto te resultará muy aburrido, pero no todo el mundo se muere por vivir en una ciudad para amasar grandes sumas de dinero.

—Nunca he dicho que lo que haces fuera aburrido. Aunque me pregunto qué grado de satisfacción personal puedes tener en un sitio tan pequeño como este, sobre todo, después de haber vivido en Londres.

—Me harté de la jungla de asfalto.

—Eres un poco joven como para estar harta, ¿no? —comentó él, arqueando las cejas—. ¿Qué me dices de todos los atractivos de la ciudad?

—Me cansé de ellos.

—Ah.

Laura le respondió con una mirada de recelo.

—¿Has acabado de interrogarme? Quizá, podrías indicarme dónde está tu padre, si es que he pasado la prueba, claro.

–Está en el invernadero –dijo él, señalando con la cabeza hacia la parte trasera del jardín.

Bien. Así que ella había vuelto de Londres para atender a su abuela. Quizá, era cierto que su abuela había tenido alguna especie de recaída. Sin embargo, Alessandro podía leer entre líneas y estaba seguro de que había tenido alguna experiencia desagradable en la gran ciudad. Lo más probable era que hubiera sido una experiencia relacionada con un hombre, tal vez, alguien de su trabajo, a juzgar por lo tensa que se había puesto al nombrar la empresa. Podía cantar las virtudes del campo, sus ríos y sus castillos, pero la verdad era que alguien le había roto el corazón y había vuelto a su lugar de origen para recomponerse.

De pronto, Alessandro se preguntó con qué clase de hombre habría salido Laura. Sin embargo, no tenía sentido darle vueltas, se recordó a sí mismo, pues después de ese fin de semana era poco probable que volviera a verla.

Y eso era una pena. De hecho, era una pena que no la hubiera conocido antes, en una de sus ocasionales viajes a los campos escoceses. De haberla conocido, sus visitas hubieran sido mucho más interesantes. Le habría resultado más fácil soportar la escueta conversación de su padre y los vientos heladores de la región...

–Bien –dijo Laura y se levantó. Por alguna razón, no tenía tantas ganas como debería de perder de vista a aquel odioso tipo.

–No te molestes en ofrecerte a traerle comida.

–¿Qué quieres decir?

–Dijiste que habías venido para hacer tus deberes de buena samaritana. Dijiste que te ibas a ofrecer a traerle comida de la tienda, como si mi padre no tuviera dinero de sobra para contratar a alguien para esa misión. Como supongo que sabrás, si quisiera, mi padre podría contratar a un chef para que le trajera la comida y se la cocinara. Eso le ahorraría tener que comer la bazofia que prepara Freya...

Laura se contuvo para no mostrarse de acuerdo en el último punto. Se llevaba bien con Freya, incluso le había arrancado una sonrisa o dos a la austera mujer, pero nadie podía decir que la señora en cuestión tuviera dotes para la cocina.

—A tu padre le gusta la comida sencilla.

—Me alegro. Con Freya a cargo de la cocina, no va a poder tener otra cosa.

—¿Por qué no quieres que le pregunte si necesita algo?

—Porque no tiene sentido que llenemos la despensa para tener que vaciarla dentro de unos días. Sería una pérdida de tiempo.

—¿De qué estás hablando? –preguntó Laura con los ojos clavados en él y se dejó caer de nuevo sobre la silla, como si fuera una marioneta a quien le hubieran cortado los hilos.

—He venido por una razón –explicó él con calma–. He hablado con mi padre del tema en muchas ocasiones y le he escrito... –admitió y suspiró. Entrecerrando los ojos, pensó en lo frustrante que era tratar con alguien que no quería aceptar lo inevitable. Estaba cansado de tener que estar siempre luchando con su padre.

—No entiendo –dijo ella con tono de urgencia–. Has hablado con él, ¿sobre qué? ¿Le has escrito sobre qué?

Alessandro abrió los ojos y la observó en silencio durante unos segundos.

—No te lo ha contado, entonces. Qué raro, ya que se supone que sois grandes amigos.

—Por favor, deja de ser sarcástico y dime qué está pasando.

—He venido a llevarme a mi padre a Londres.

–¿Llevártelo? –repitió ella, completamente perpleja–.
¿Quieres llevártelo unos días?

–No –negó él–. Los días de Roberto en Escocia han
terminado. Me lo llevo conmigo y no volverá. La casa
será recogida, los objetos personales serán enviados a
Londres y el resto vendido en subasta. Le he comprado
un piso en Chelsea. Es del tamaño adecuado para él. Si
está en Londres, podré cuidar de él.

A Laura le costaba digerir sus palabras, pues no tenían sentido.

–Bromeas, ¿verdad?

–Nunca bromeo con estas cosas. ¿No te lo ha mencionado en ninguna de tus visitas de Caperucita Roja?

Durante un momento, Laura quiso lanzarle algún
objeto. ¿Cómo podía quedarse allí sentado, discutiendo
el futuro de un hombre anciano con tono tan seco, frío
y cáustico?

–Eres la persona más... más...

–Escúpelo. Te aseguro que no me lo tomaré a mal.

–¡Eres la persona más odiosa que he conocido en mi
vida! No me extraña que...

–¿Qué?

Se quedaron mirándose en silencio. Laura tenía el
corazón acelerado. La sangre se le agolpaba en las venas.

–Nada –murmuró ella, bajando la vista. Había estado a punto de irse de la lengua. Al fin y al cabo, ¿qué
sabía ella de la relación entre padre e hijo? Roberto
nunca le había hablado mal de Alessandro, pero la fría
distancia entre ambos era una señal inequívoca de que
algo pasaba.

La verdad era que no era asunto suyo, se dijo Laura.
Que el hombre que tenía delante la resultara insoportable no justificaba que dijera cosas que no debían decirse.

Alessandro decidió dejarlo pasar.

¿De verdad quería saber lo que se decía de él a sus espaldas? ¡No! La relación entre su padre y él era como era y no iba a agobiarse por lo que terceras personas opinaran al respecto.

–No me ha dicho ni una palabra de esto, ni a mí ni a... Bueno, estoy sorprendida. Más que sorprendida. No puedo creer que pretendas llevarte al pobre Roberto lejos de todo lo que adora, para meterlo en el loco caos de Londres. ¡No puedes hacer algo así!

–Tranquila –murmuró él en tono suave–. Es un piso muy espacioso de tres habitaciones. Posee todas las comodidades modernas. Estoy seguro de que tendrá un dormitorio libre para sus amigos especiales –indicó. Le producía repulsa pensar que su padre y ella pudieran tener algo más que una relación platónica. Sí, ella lo había negado. ¿Pero y si mentía?

¿Pero por qué reaccionaba ella de esa manera tan exagerada? La pelirroja lo miraba hundida, como si se le acabara de caer el cielo encima.

–Si no te ha mencionado nada, creo que es porque quiere ignorar el asunto. He estado hablando con él de este tema durante los últimos seis meses –apuntó él.

–Es muy mayor... –murmuró ella.

–¡Eso es! El ataque al corazón, la fractura de pelvis... No puede ocuparse de esta mansión tan grande. Necesita un sitio más manejable. Necesita poder llegar desde su dormitorio a la cocina en menos de tres horas.

–Por favor, no exageres. Como has dicho, Roberto puede contratar todos los empleados que quiera para que lo ayuden. Por el momento, solo tiene a Freya y a Fergus, pero estoy segura de que recurriría a alguien más si lo necesitara.

–No es un tema abierto a debate. No pienso meterlo en una ratonera en la ciudad. Se adaptará. Londres están lleno de excitantes alicientes.

–La gente mayor no quiere cosas excitantes –observó ella–. Quiere aferrarse a sus rutinas. Quiere estabilidad. Quiere estar rodeada de rostros familiares.

Alessandro la contempló con incredulidad. ¿Estaban hablando del mismo hombre?

–¿Cada cuánto tiempo vas a ir a visitarlo? –continuó ella, ignorando su expresión impenetrable–. ¿Vas a esperar a que se adapte? ¿Lo llevarás contigo a todas partes? ¿O lo visitarás cuatro veces al año, pero teniendo que recorrer una distancia mucho menor?

–Me conmueve que te preocupes, pero te aseguro que... va a estar bien. Además, ¿quiénes son esos rostros familiares de los que mi padre necesita rodearse?

–Tiene muchos amigos en el pueblo.

–¿Aparte de ti?

–¡Sí, aparte de mí! ¿Qué crees que hace durante el día? Ya sé que su salud no ha sido muy buena, pero está cada vez más recuperado.

Alessandro la miró sin comprender.

–No tienes ni idea, ¿verdad? ¡Quieres llevártelo de su hogar y ni siquiera te has molestado en averiguar de qué vas a privarlo! ¡No sabes cómo es su vida aquí!

–Me estás gritando.

–¡Yo nunca grito! –le espetó ella, su voz retumbando en las paredes–. No suelo gritar. Pero estoy tan... furiosa. Y deja de mirarme así. ¿Acaso es la primera vez en tu vida que alguien te grita?

–Correcto.

Tras un segundo de silencio, Laura lo miró con desconfianza.

–¿Nadie se enfada contigo? ¿Nunca?

–Lo dices como si fuera imposible de creer –replicó él con tono frío. Esa mujer le resultaba más ofensiva de lo que podía soportar. Si lo pensaba bien, nunca le había importado demasiado que la gente se enfadara con él. En lo que a relaciones íntimas se refería, tampoco era de los que se implicaban emocionalmente o salían mucho tiempo con la misma mujer.

Alessandro no tenía ninguna intención de atarse a una mujer. Dirigía su vida con la mente y no con el corazón. Y así era como le gustaba. Tal vez, el frío desapego de su padre lo había llevado a ser de esa manera. Para él, las féminas eran solo algo que saborear y disfrutar hasta que llegara el momento de volver al trabajo. Eran una especie de oasis de paz en su ajetreada profesión de genio de los negocios.

Una mujer que gritaba, sin embargo, no era un oasis de paz.

—Sí –admitió ella.

—Las mujeres no se enfadan nunca conmigo.

—Me cuesta creerlo.

—No les doy razones –señaló él–. Además, una mujer que grita no me resulta nada excitante.

«A mí qué me importa», pensó Laura. Tomando aliento, se fijó en sus ojos negros como la noche, los masculinos contornos de su rostro, y algo se incendió dentro de ella.

Confusa, intentó no pensarlo.

—Solo creo que, antes de intentar poner el mundo de tu padre cabeza abajo, deberías molestarte en entender cómo es su vida y lo que le obligarías a dejar atrás. ¿No piensas tomar en cuenta su opinión? ¿Vas a pasar por alto sus objeciones y forzarle a hacer lo que consideras mejor?

—Esta conversación no va a ninguna parte –repuso él, pasándose los dedos con impaciencia por el pelo. Se levantó para tomar una botellita de agua del frigorífico. Después de bebérsela de un trago, se apoyó en la encimera y la miró con intensidad–. Haré lo que crea mejor para mi padre, por muy histérica que te pongas. Nada va a cambiar eso. Como te he dicho, ya he hablado con él de esto. Si mi padre no te ha tenido informada, no es culpa mía –añadió, encogiéndose de hombros.

–Hay algo que debes saber –dijo ella, a regañadientes, todavía sonrojada por la rabia.

–Soy todo oídos –replicó él con curiosidad.

–No se trata solo de que tu padre tenga una vida social en el pueblo... Y si él no te ha tenido informado, no es culpa mía. Él también... bueno... está sentimentalmente unido a alguien de aquí...

Durante unos segundos, tal vez, por primera vez en su vida, Alessandro se quedó sin palabras. Le costaba digerir lo que acababa de escuchar.

–¿Has oído lo que te he dicho?

–Te he oído. Pero no lo entiendo... ¿Quieres decir que mi padre tiene novia?

–Mi abuela.

Perplejo, Alessandro meneó la cabeza, tratando de que sus neuronas volvieran a trabajar.

Consciente de su perplejidad, de pronto, Laura sintió compasión y simpatía por él. Sin duda, Roberto mantenía con su hijo una relación distante, en la que no tocaba ningún tema personal ni emocional.

–¿Mi padre está saliendo con... tu abuela? ¿Qué sentido tiene eso?

–Es fácil –dijo ella con tono seco–. Se conocieron hace años y han sido amigos durante mucho tiempo. Pero, en los últimos meses, han empezado a salir.

–¿Mi padre?

–No es algo tan raro. Dos personas que tienen una sólida amistad... una cosa lleva a la otra. Él todavía es atractivo. Seguro que unas cuantas señoras del club de jardinería le habían echado el ojo.

Alessandro volvió a sentarse, con la mirada perdida. Despacio, posó los ojos en ella e inclinó la cabeza.

–Dame detalles.

–¿Cómo?

–¿Cuánto tiempo llevan con ese jueguecito de salir juntos? Y tu abuela... ¿dónde vive? ¿Está viuda? ¿Divorciada? ¿Qué edad tiene?

Laura se puso tensa, prediciendo la dirección de sus suposiciones.

–Me has acusado de ser una buscona –señaló ella–. No podrías estar más equivocado. Y no te atrevas a insinuar que mi abuela está con tu padre por el dinero. Son solo dos personas que son felices juntas. Si quieres los detalles, aquí están –añadió con firmeza–. Mi abuela vive en una casa pequeña a las afueras del pueblo, a unos veinte minutos de aquí. Lleva toda la vida allí y sí, está viuda. Mi abuelo murió hace muchos años. Ella nunca pensó en volverse a casar, la verdad, y nunca antes salió con nadie. Tu abuelo empezó a integrarse en la comunidad hace unos diez años. Antes de eso, estaba siempre encerrado. Supongo que estaba ocupado con el trabajo. Y mi abuela también estaba ocupada trabajando en el pueblo vecino. Estaba a cargo del jardín municipal. Lo dejó hace cinco años, porque el viaje comenzaba a ser demasiado cansado para ella, sobre todo, en invierno...

–¿Qué edad tiene?

–Sesenta y seis –contestó ella–. Bien. Como ves, esa es una de las razones por las que sería desastroso que te lo llevaras por la fuerza.

–¿Desastroso? ¿Por la fuerza?

Alessandro se quedó pensativo. Tal vez, debía ocuparse de evaluar la situación personalmente. Su padre estaba saliendo con una mujer cuya nieta era su mejor amiga. ¿Y si las dos estaban conchabadas para sacarle el dinero?

–Tienes razón.

–¿Ah, sí? –replicó Laura, mirándolo con descon-fianza.

–Si mi padre va a mudarse a la ciudad, no puede ser por la fuerza. Necesito convencerle de que hay vida más allá de las fronteras escocesas...

–No vas a convencerle, estoy segura de eso.

Alessandro le dedicó una sonrisa velada. Quizá no lograría sus planes ese fin de semana, pero podía espe-rar. Era la clase de hombre que sabía sacar partido a las situaciones inesperadas. Además, lo cierto era que el atractivo de la mujer que tenía delante era un diverti-mento añadido.

–Pero merece la pena intentarlo, ¿no crees? Por otra parte, llevas una hora poniendo el grito en el cielo ante mis planes y acusándome de ser injusto. Seguro que no tienes objeciones en mostrarme de primera mano la satisfactoria vida social que mi padre tanto odiaría de-jar atrás...

# Capítulo 3

**E**L CHICO llega tarde. ¡Seguramente, ha decidido que es mejor sacarme de mi propia casa a patadas que fingir que está interesado en lo que hago!

Laura miró a Roberto con ansiedad. Alessandro llegaba media hora tarde, pero ella sabía muy bien que uno no se podía fiar del transporte público. Los trenes rara vez cumplían los horarios y los taxis se veían atrapados en atascos interminables. Los aviones, también, sufrían retrasos en incontables ocasiones.

–Dijo que vendría –señaló ella con firmeza, lanzando una mirada de reojo al reloj. Eran casi las seis.

–¡Mi hijo vive de acuerdo con su propio horario! ¡Vive para trabajar! –protestó Roberto, dándole un golpe al suelo con el bastón–. Lo más probable es que alguien lo llamara y eso tuviera prioridad sobre venir a Escocia. ¡Nunca le gustó este lugar! ¡Siempre prefirió la estúpida vida de la capital! –exclamó y, tras un segundo, añadió–: Aunque puede que le haya entretenido otra cosa.

–¿Sí? –replicó ella, mirando a su interlocutor con afecto.

Roberto pertenecía a una época en que las corbatas eran de rigor en toda ocasión y los pantalones se ajustaban siempre a la cintura con un cinturón. Llevaba una cazadora con una camisa blanca inmaculada debajo, una corbata a rayas y unos pantalones informales perfectamente planchados. Sus zapatos relucían. Estaba tan guapo que Laura le había sacado una foto con el móvil para enviársela a su abuela. Por supuesto, él había protestado, aunque se había repeinado con disimulo antes de posar.

—Alguna tonta del bote.

—¿Cómo?

—Tontas del bote. ¡Tiene todo un ejército detrás de él! Yo mismo he conocido a una o dos. Son estúpidas y vacuas pero, a veces, ni el más listo de los hombres puede resistirse a...

—¡Me hago una idea, Roberto! —exclamó ella y se apresuró a cambiar de tema, comentándole algo sobre el club de jardinería.

Lo último que Laura necesitaba era oír hablar de las tontas del bote que perseguían a Alessandro.

De hecho, lo último que quería era estar allí, un viernes por la tarde, esperando a un tipo que había logrado calarle hondo de la forma más insoportable. Se había pasado la última semana pensando en él. No había podido sacárselo de la cabeza y tener que verlo de nuevo no estaba entre sus prioridades.

Pero estaba allí porque Roberto le había pedido que los acompañara.

—¡Se le ha metido en la cabeza que la vida de este viejo puede ser interesante! —le había anunciado Roberto a Laura—. ¡Le dije que era mucho más emocionante que una vida repleta de trabajo y alguna tonta del bote entremedias!

Después, Roberto le había contado todo sobre los planes de su hijo de llevárselo de allí. No había sido capaz de hablarle de ello a su abuela y le había pedido a Laura que no le dijera nada. Él mismo hablaría con Edith cuando regresara de su viaje. Aunque no pensaba irse a ninguna parte, le había asegurado.

–¡Si el chico quiere intentar moverme, que lo intente todo lo que quiera! ¡Pronto descubrirá que este viejo roble no va a ninguna parte!

Laura había percibido un sutil temblor bajo su aparente valentía, por eso, había aceptado acompañarlo cuando Alessandro llegara. No pensaba quedarse allí todo el fin de semana, ni mucho menos. Pero sí había accedido a ir con ellos a cenar al nuevo restaurante de pescado que habían abierto en el pueblo vecino.

En ese momento, Roberto se estaba poniendo cada vez más nervioso. Antes de que ella pudiera calmarlo, oyeron el ruido de un motor acercándose. Desde la ventana del salón, vieron que era un helicóptero, sobrevolando el jardín en círculos. Hacía un ruido del diablo y las luces de los focos, sin duda, podrían verse desde todo el pueblo. Los vecinos estarían muertos de curiosidad, preguntándose qué estaba pasando.

–¡Tendría que haber adivinado que no iba a venir como una persona normal! –protestó Roberto, mientras se dirigía a la puerta.

Al instante, la puerta principal se abrió y allí estaba Alessandro, tan imponente y tan arrogante como Laura lo recordaba.

–¡Espero que no hayas aterrizado en ninguna de mis plantas! –gritó Roberto, mientras las hélices iban cesando su fuerza.

Alessandro posó los ojos en Laura, que estaba detrás de su padre. Ella se incendió sin remedio.

–Gracias por tan cálida bienvenida –comentó Alessandro. Se giró para hacerle una señal al piloto, entró en la casa y cerró al puerta tras él. Al instante, examinó la situación con aguda mirada. Su padre seguía teniendo la misma expresión rebelde que el fin de semana anterior, cuando había intentado hablarle de la mudanza. Y Laura...

No había dejado de pensar en ella en los últimos días. ¿Podía ser porque, de todas las mujeres que conocía, era la única que se había atrevido a contradecirlo? ¿Le había producido, con sus críticas, una especie de sarpullido que no conseguía ignorar? ¿O sería porque llevaba demasiado tiempo sin estar con una mujer? Habían pasado, al menos, dos meses desde su última novia.

Era mejor no analizar su propia reacción, se dijo Alessandro. Solo sabía que el fin de semana que tenía por delante le resultaba de lo más excitante. Era algo inusual, teniendo en cuenta que siempre había visitado a su padre lleno de reticencias, deseando regresar a Londres cuanto antes.

–Llegas tarde. ¡Estaba a punto de ir a la cocina a cenar!

Cuando Alessandro miró a Laura, para ver si estaba tan irritada como él por la impaciencia de su padre, la encontró sonriendo con indulgencia a Roberto, con la mano apoyada en su antebrazo, un gesto de afecto al que su padre parecía acostumbrado.

–Si Freya es quien se ocupa de abastecer la cocina, no creo que encuentres allí nada apetitoso –opinó Alessandro–. Necesito diez minutos, como mucho. Tengo que mandar un correo electrónico.

Laura frunció el ceño. Sabía que Roberto llevaba una hora y media arreglado para salir.

–Creo que deberíamos irnos cuanto antes –señaló ella, mirándolo a los ojos–. Roberto suele acostarse pronto.

–¡Roberto puede acostarse cuando le parezca! –anunció el viejo. Sin embargo, se relajó un poco al ver que su hijo asentía y dejaba el maletín con el portátil en el suelo.

–Haré que vengan a buscarnos –informó Alessandro, sacándose el móvil del bolsillo–. ¿Cuál es el número de la parada de taxis local?

–No hace falta –dijo Laura, se volvió hacia Roberto y le colocó la bufanda dentro del abrigo.

–¡Déjame, jovencita! ¡Puedo cuidarme solo!

De nuevo, a Alessandro le sorprendió ver lo cercana que era la relación entre los dos. Su padre, a pesar de lo gruñón que era, estaba encantado de que Laura se preocupara por él.

–Alguien tiene que ocuparse de ti, cuando no está mi abuela –murmuró ella con una sonrisa y miró a Alessandro–. No hace falta que pidas un taxi. He traído mi coche.

–¿Vas a llevarnos tú? –preguntó Alessandro, mientras los dos salían de la casa por delante de él.

–No me digas que te incomoda viajar con una mujer al volante –se burló ella–. Porque, si es así, eres un anticuado.

–¡Esta chica siempre dice lo que piensa! –observó Roberto con cariño–. Tendrás que acostumbrarte, chico –añadió, dándole una palmadita de afecto a Laura en la mano, mientras se dirigían a un lado de la casa.

–¿Pretendes llevarnos en ese cacharro? –se quejó Alessandro, clavando los ojos en un viejo utilitario–. Pensé que esos coches se habían extinguido.

–Funciona muy bien –afirmó ella con tono seco.

–Excepto el último invierno –recordó Roberto.

Durante el trayecto, se enzarzaron en una extensa anécdota sobre lo impredecible que era el coche de Laura. A Alessandro no le hizo ni pizca de gracia. Se preguntó por qué su padre no le había comprado un vehículo más seguro pero, de inmediato, reconoció que, de haber sido así, él mismo lo habría tomado como una prueba de que querían sacarle el dinero.

Había sido su intención abordar el tema de la mudanza durante la cena. Sin embargo, la velada fue sorprendentemente agradable y no tuvo oportunidad.

Laura y Roberto compartieron bromas familiares. Hablaron de gente del pueblo. Se pasaron un buen rato discutiendo sobre lo que alguien había hecho con cierta clase de orquídea y tuvieron que dar el tema por terminado cuando Alessandro se lo pidió, a riesgo de quedarse dormido. Oyó reír a su padre. Dos veces. Fue un sonido tan inusual para él que se preguntó si habría oído mal. Pero no, al final de la noche, tuvo que reconocer que su padre tenía una vida social mucho más rica de lo que jamás habría imaginado.

–¿Cuánto tiempo vas a quedarte? –preguntó Laura con educación, cuando regresaron en su coche a la mansión.

–Ha sido el viaje más incómodo de mi vida –informó Alessandro, mientras se bajaba del coche–. ¿Por qué no apagas el motor? ¿No vas a entrar?

–No pretendía hacerlo.

–¡Hora de que las chicas se vayan! –anunció Roberto.

–En ese caso, podemos tener tiempo para hablar de tu mudanza –le indicó Alessandro a su padre.

–Esta noche, no, chico. ¡Este viejo necesita dormir! –dijo Roberto.

–Entraré un par de minutos –se ofreció ella.

Roberto, de camino a la puerta, hizo una pausa para mirar a los dos jóvenes.

–Yo me voy a la cama. Y no creo que a Edith le guste que conduzcas por las carreteras oscuras a estas horas –señaló, dirigiéndose a Laura–. Además, ya tonteaste bastante cuando estabas en Londres, ¿no te parece?

Ocultando su desazón ante el comentario de Roberto, Laura soltó una risa forzada. Pensó que iba a tener una charla con su abuela para pedirle que no volviera a hablar con Roberto de su vida sentimental...

–Mi abuela se preocupa demasiado –dijo ella, quitándole importancia, mientras los acompañaba a la entrada.

–Con razón –rezongó el viejo, frunciendo el ceño mientras su hijo rebuscaba en un manojo de llaves para abrir la puerta.

–Bueno, bueno, no es para tanto. La cena estaba deliciosa, ¿verdad? –comentó ella, cambiando de tema.

A pesar de que no quería estar en compañía de Alessandro, Laura todavía iba a tener que quedarse media hora más, al menos. Primero, quería averiguar cuánto tiempo pensaba él quedarse en Escocia. En segundo lugar, quería saber si había reconsiderado mejor sus planes de llevarse a Roberto a Londres.

Durante la cena, Roberto había sofocado todos los intentos de su hijo de sacar ese tema de conversación. Laura intuía que la relación entre los dos se derrumbaría por completo si Alessandro seguía pretendiendo obligar a su padre a hacer algo que no quería.

¿Acaso él no se daba cuenta?

¿O no le importaba?

¿Cómo habían terminado padre e hijo distanciándose tanto?

Laura tenía curiosidad. No debería, pero así era. Roberto rechazó su oferta de llevarlo del brazo por las escaleras y desapareció delante de ellos, en dirección a su cuarto. Fue entonces cuando la imponente presencia de Alessandro la invadió.

Mientras había estado ocupada conduciendo y, en la cena, intentando sacar cualquier tema de conversación que demostrara lo involucrado que estaba Roberto en la comunidad, Laura casi había olvidado lo incómoda que estaba con ese vestido ajustado.

En ese momento, no obstante, cuando la penetrante mirada de él la recorría, tuvo que hacer un esfuerzo para no cubrirse con los brazos.

−¿Quieres tomar algo?

Alessandro se quedó mirándola. Ella llevaba un vestido que jamás ganaría un premio de moda. Él estaba acostumbrado a salir con las más bellas modelos. Sin embargo, durante la cena, se había sorprendido a sí mismo varias veces contemplando cómo el tejido elástico se le ajustaba a los pechos, el modo en que el cuello dejaba entrever su escote... suficiente para que su imaginación echara a volar.

−Supongo que la única razón por la que has aceptado entrar es porque quieres decirme algo −adivinó él−. Un gin tonic puede ayudar a que todo fluya.

Laura hizo una mueca. Alessandro, de nuevo, se comportaba de forma arrogante, como si disfrutara de pincharla. También, intuía por cómo la miraba que su atuendo le resultaba ridículo. Era cierto que el vestido tenía muchos años y las botas, gastadas y cómodas, estaban pasadas de moda.

Cuando él se encaminó a la cocina, lo siguió. Llevaba pantalones oscuros y una chaqueta a juego y, como el día en que lo había visto por primera vez, estaba imponente.

−Bueno −dijo él, mientras servía dos vasos−. ¿Vas a seguir parada en la puerta como un centinela o vas a sentarte y decirme lo que tengas que decir?

Cuando le entregó el vaso y la rozó la mano, cada nervio del cuerpo de Laura reaccionó a su contacto.

−No has dicho cuánto tiempo piensas quedarte... −comenzó a decir ella. Se apartó y se sentó. Un trago a su bebida la ayudó a relajarse.

−No lo he decidido. ¿Por qué? ¿Te hago sentir incómoda? No me gustaría molestar, pero... −añadió, se encogió de hombros y le dio un trago a su vaso–. La necesidad obliga.

–¿La necesidad de quién?

–Una buena pregunta –repuso él. Si estuviera pensando en sus propias necesidades en ese instante, se quedaría, sin duda. De pronto, la imaginó en su cama, desnuda y ardiente de deseo. Imaginó cómo sus enormes ojos verdes lo contemplaban, animándolo a tomarla...

Una poderosa erección lo tomó por sorpresa.

–Estabas desesperada porque conociera los pormenores de la vida de mi padre. Para hacerlo, tengo que someterte a algunas preguntas –indicó él, tratando de dejar de la lado sus eróticos pensamientos–. Para empezar, a mi padre nunca le ha gustado responder preguntas. Y menos si son preguntas personales. Las típicas charlas entre padre e hijo nunca han sido nuestra especialidad.

–¿Por qué?

–¿Cómo dices?

–Deberías tener una conversación honesta y directa con Roberto, sobre todo, en lo relativo a algo tan importante. Él debería contarte por qué no quiere irse a Londres.

–Aun así, como has visto por ti misma, no quiere hablar del tema. Esa es la razón por la que me he adelantado y he hecho lo que he considerado mejor.

–Entonces, ¿por qué te molestas en quedarte aquí, si ya has tomado una decisión?

–Porque quiero ver por mí mismo cuál es la situación. Quiero saber qué está pasando entre mi padre y tu abuela.

–¿A qué te refieres?

–Quiero asegurarme de que no está siendo manipulado.

–¡No puedo creer que hayas dicho eso!

–¿Por qué? –replicó él, encogiéndose de hombros–. Hemos pasado por esto antes. Ya es hora de que aceptes que no soy un tipo idealista que confía en cualquiera que se le ponga por delante.

–Eres un cínico. ¿No te basta con que tu padre haya encontrado a alguien que le haga feliz, a su edad?

–Sí, muy bonito. Pero sería mucho más bonito si esa persona se preocupara por el bienestar de mi padre y no por lo jugoso de su cuenta bancaria.

Laura apretó los dientes y le lanzó una mirada heladora. ¿Cómo era posible que alguien tan guapo fuera tan... frío?

Aunque Colin había sido guapo también, ¿verdad? Y había resultado ser tan falso como un euro de madera. Sin duda, ella no podía fiarse de su juicio. Debía de ser una de esas personas que se dejaban engañar por las apariencias. Pero no pensaba tropezar dos veces con la misma piedra.

Además, había una gran diferencia entre Colin y Alessandro. Colin había sido encantador y amable. Alessandro era arrogante, despiadado y desconsiderado.

Si tenía algún encanto oculto, desde luego, no lo había utilizado con ella.

Por otra parte, respecto al atractivo... las diferencias también eran radicales, si lo pensaba bien, se dijo Laura. Colin había sido atractivo de una manera premeditada, con el pelo rubio siempre en su sitio, una falsa sonrisa siempre dispuesta, el cuerpo esbelto y cuidado, pero no demasiado musculoso.

Alessandro, sin embargo, era guapo de una forma menos calculada. Era el suyo un atractivo viril y poderoso, más salvaje.

Por suerte, no tenía nada que ver con sus gustos, se dijo.

–Mi abuela no vuelve hasta la semana que viene

–informó Laura, optando por no entrar en discusión con él.

–Estoy deseando conocerla.

–Una vez que le hayas dado el visto bueno, ¿qué pretendes hacer?

–Lo pensaré cuando llegue el momento –contestó él. La verdad era que le gustaba tener siempre los cabos bien atados. Sin embargo, la situación se había salido de lo que había tenido previsto. Había contado con que su padre se mostraría tozudo, sí, pero no había imaginado que tenía una buena razón para ello. Sin duda, mudarse a Londres le obligaría a romper los vínculos que había cultivado allí.

De nuevo, Alessandro volvió a pensar en lo incómodos e inoportunos que le resultaban los viajes que hacía a Escocia para ver a su padre. Tal vez, si su relación hubiera sido de otra manera, no le habrían molestado tanto. De todas formas, no tenía sentido darle vueltas. No se llevaba bien con su padre, ni quería verse obligado a ir a visitarlo a los confines escoceses cada vez que el viejo enfermaba.

Quizá no se mereciera un premio al mejor hijo del año, pero tampoco se sentía desvinculado del todo de sus deberes filiales, lo que no le permitía abandonar a Roberto a su suerte.

–¿No tienes... cosas que hacer... en Londres? –balbuceó ella–. ¿No tienes que ir a dirigir tu empresa?

–Empresas. En plural. Tengo más de una y no, puedo tomarme algo de tiempo para valorar la situación –contestó él y, con un suspiro, se pasó los dedos por el pelo–. Esto no es lo que esperaba. No pensé que iba a tener que quedarme para conocer una novia que ignoraba que mi padre tuviera. Las cosas se... complican.

Laura se terminó su vaso. No había bebido nada durante la cena, pues había tenido que conducir. En ese momento, el alcohol la inundaba de calidez y la hacía sentir más relajada, no tan a la defensiva.

–No sé por qué tu relación con Roberto es tan distante –señaló ella, sin pensarlo–. Pero, si intentas obligarle a hacer algo contra su voluntad, saldrás perdiendo. Puede que consigas llevártelo a Londres, pero no te lo perdonará durante el resto de su vida.

–No creo que te haya pedido tu opinión.

–¿Alguna vez le pides su opinión a alguien?

–No.

–A veces, conviene escuchar a los demás –afirmó ella, sin amedrentarse por su mirada heladora–. No puedes actuar como si fueras una roca todo el tiempo...

Sin embargo, Alessandro siempre había actuado así. Había crecido sabiendo que había estado solo y había adquirido la independencia necesaria desde temprana edad. Ella, al parecer, no. Aunque...

–¿Cuántos años tenías cuando perdiste a tus padres? –preguntó él, rindiéndose a la curiosidad que lo invadía. Por lo general, no solía hablar de cosas íntimas con las mujeres, para no darles a entender que podían esperar alguna clase de implicación emocional por su parte. Pero eso era distinto y la curiosidad estaba permitida.

–Siete.

–Y te mudaste con tu abuela, entonces.

–Era la única pariente que me quedaba y siempre habíamos estado muy unidas.

–Y, a pesar de la pérdida de tus padres, eres una persona optimista y positiva –observó él, pensativo–. Eso es porque tu abuela te dio estabilidad. Creo que estás contemplando la relación que tengo con mi padre desde el punto de vista de tu propia experiencia –añadió–. Me pagó los mejores internados, me dio todo el dinero de bolsillo que podía imaginar, me pagó vacaciones en los sitios más exóticos, a las que no venía con-

migo... Así crecí yo. No le veía apenas y, cuando coin-
cidíamos, nos sentíamos obligados a mantener incómodas
conversaciones superficiales que ambos estábamos deseando dar por terminadas cuanto antes –recordó y se
quedó callado. No podía creer que le hubiera confiado
eso a aquella mujer. Le hacía sentir molesto. Sin embargo, se dijo que había sido necesario, para que ella
comprendiera que no todas las relaciones familiares
eran color de rosa.

–¿Y tu madre? –preguntó ella, sintiendo de pronto
ganas de consolar al niño que Alessandro había sido.

–¿Qué pasa con mi madre? –replicó él, a la defensiva. Jamás hablaba de ese tema. Ni siquiera pensaba
en ello. Hacía muchos años que había dejado de hacerse preguntas sobre su madre, que había muerto
cuando él había sido muy pequeño.

–Tu padre nunca la ha mencionado –señaló Laura–.
Sé que él llegó aquí sin su mujer hace años. No se dejaba ver mucho por aquellos tiempos. No se relacio-
naba con nadie.

–Sin duda, la gente del pueblo inventó mil historias
sobre el misterioso habitante de la mansión.

–No lo sé. Yo estaba ocupada en el colegio. Luego,
me fui a la universidad y, después, a Londres. Por aquel
entonces, tu padre había dejado de trabajar, supongo, y
venía al pueblo con más regularidad.

–No me imagino a mi padre pasando el domingo por
la mañana charlando con los lugareños mientras toma
una taza de té.

–Igual es porque, en realidad, no lo conoces.

Alessandro apretó los labios.

–¿Tan importante es conocer a la gente? –dijo él y se
levantó para servir otras dos copas.

–Gracias, no –dijo ella, meneando la cabeza sin mucha convicción–. Tengo que conducir.

Sin responder nada, Alessandro se apoyó en la encimera. Sus ojos se encontraron. El lento rubor que cubrió las mejillas de su interlocutora, lanzaba una señal inequívoca. Y él nunca se equivocaba en relación a esos pequeños signos que las mujeres emitían.

Él posó los ojos en sus labios, a lo que ella respondió humedeciéndoselos, nerviosa.

El fuego que había ardido en las venas de Alessandro como un volcán subterráneo durante toda la velada pujaba por salir a la superficie.

No era la clase de hombre que se negara nada en lo relativo al sexo. ¿Para qué? Si alguien le ofrecía algo que le apetecía, lo tomaba. Y ella le estaba haciendo un ofrecimiento silencioso. ¿Sería consciente de ello o estaba demasiado ocupada intentando analizarlo como para reconocer lo obvio?

–Sí, es importante que... tú... conozcas mejor a Roberto, antes de... causarle un verdadero... problema –balbuceó ella, apartando la mirada. La piel le ardía como si, en vez de solo mirarla, la hubiera tocado.

Alessandro Falcone estaba fuera de su alcance. Era un hombre inapropiado para ella en todos los aspectos, se dijo Laura.

Representaba todo lo que no quería de la vida. Cuando se había ido de Londres y había dejado su trabajo y al imbécil que la había engañado, había tomado la decisión de que jamás volvería a tener una relación con un hombre que no fuera abierto y sincero, como ella. Solo quería salir con un tipo normal. Incluso, si solo iba a tener una aventura, deseaba que fuera con alguien cuyos valores compartiera. No con un arrogante egoísta.

Entonces... ¿por qué se sentía desnuda y desprotegida cuando él la observaba así?

–Hablemos de ti. Me has analizado como si fueras

una psicóloga. Ahora, es tu turno. ¿A qué se refería mi padre cuando dijo que ya habías tonteado bastante en Londres?

—A nada en especial.

—No me digas que eres una de esas personas hipócritas que no dudan en soltar su opinión de los demás, pero se cierran en banda cuando se trata de hablar de su propia vida. Sería una decepción...

Laura lo miró furiosa. ¿Hipócrita? ¡Nunca nadie la había acusado de eso! Sí, le habían dicho que era ingenua. Demasiado impulsiva, también. ¿Pero hipócrita? ¡Jamás!

—¿Te has quedado sin palabras? —preguntó Alessandro con tono provocador—. Habías sido muy elocuente hasta ahora...

—Ya sabes cómo es la gente mayor —dijo ella con la mandíbula tensa—. Les gusta cotillear.

—Nunca pensé que mi padre fuera un cotilla.

—Bueno, lo es cuando está con mi abuela. Ya sabes... la gente de su generación piensa que ir por el parque de la mano con alguien con quien no estás casado es tontear.

—¿Has venido aquí a esconderte de una relación fracasada?

Alessandro lo adivinó al instante. Su mirada era intensa y perceptiva.

—No estoy escondida.

—Así que tuviste una aventura con alguien de tu trabajo. Y no salió bien. Son cosas que pasan.

—¿Quién te ha dicho eso? —preguntó ella, afilando la mirada—. Imagino que se le habrá escapado a Roberto.

—Como te he dicho, mi padre y yo no hablamos de esas cosas. Lo he supuesto yo solo. Y parece que he acertado.

Laura desvió la mirada. Le temblaban las manos.

No quería hablar de eso. No pensaba hacerlo. Quizá, como él había señalado, se había mostrado muy suelta para opinar sobre él, aunque no estaba dispuesta a confiarle ninguna de sus intimidades.

¿Era ese tema su talón de Aquiles?, se preguntó a sí misma. Su abuela la había criado con mucho mimo y cariño, pero no le había enseñado nada sobre cómo relacionarse con el sexo opuesto. Era una completa ignorante en el arte del coqueteo. Y Colin se había aprovechado de su ingenuidad para seducirla y utilizarla, lo que no había hecho más que reforzar todas sus inseguridades.

Tal vez, Alessandro tenía razón. Se había escondido en ese pueblo recóndito. De pronto, presa del pánico, se preguntó si moriría allí siendo una solterona solitaria. ¿Alguna vez encontraría valor para volver a lanzarse al mundo?

Era una idea que le daba terror. Además, la única interacción que tenía con el sexo opuesto era con las parejas de sus amigas de la infancia. Iba a terminar siendo una vieja loca y maniática, si seguía así.

—No vas a ponerte a llorar, ¿verdad?

—¡Claro que no! —le espetó ella con fiereza—. Y, sí, salí con alguien de mi trabajo. ¿Satisfecho? Me hizo creer que me quería y, luego, me enteré de que estaba casado.

—Era un listillo.

—¡No lo entiendes! Yo confiaba en Colin Scott. Pensé que era un tipo decente, pero resultó ser un mentiroso sin ninguna moral. Entonces, volví aquí. Vamos, dilo. Soy una perdedora y una idiota.

—¿Es eso lo que tú crees?

—¿Qué otra cosa podría creer? —replicó ella con amargura.

—Te dejaste manipular por un tipejo, pero no tienes que enterrarte en vida por eso.

–¿No? ¿Y qué sugieres? Además, no me he enterrado... Solo estoy tomándome un descanso del bullicio
de la ciudad.

–Bueno, solo se me ocurre una sugerencia.

–Soy toda oídos.

–Vuelve a arriesgarte –propuso él, se levantó y la
observó pensativo. Eran ambos adultos, se dijo, con
una idea clara de lo que quería hacer. Solo tenía que
explicarle a ella cuáles eran las reglas...–. Pero, la
próxima vez, asegúrate de saber con quién estás tratando. Yo siempre soy honesto desde el principio. Solo
quiero sexo sin ataduras, ni promesas, ni planes de futuro –afirmó con una sonrisa pícara, mientras le colo-
caba a su perpleja acompañante un mechón de pelo
detrás de la oreja–. Desde mi punto de vista, eso es ser
sincero. Puede que no ofrezca el paraíso pero, al menos, nadie se hundirá en arenas movedizas...

# Capítulo 4

CON el corazón a punto de salírsele del pecho, Laura se echó hacia atrás, aunque fue incapaz de apartar los ojos de él.

–Debería irme –dijo ella, carraspeando–. No quiero... no quiero conducir tan tarde por la noche.

–¿Por qué? Lo único que puedes encontrarte es un par de ovejas perdidas. Si quieres, puedo acompañarte a tu casa y asegurarme de que llegues sana y salva.

Laura tragó saliva. Estar sana y salva no parecía compatible con estar cerca de Alessandro. A juzgar por cómo le había subido la tensión, su presencia era más arriesgada que andar de noche por carretera.

–¿Y cómo vas a volver a casa? –preguntó ella, tratando de respirar hondo.

–A pie –repuso él, encogiéndose de hombros.

–Los zapatos italianos de piel no están hechos para recorrer kilómetros campo a través –señaló ella y se levantó. Le temblaban las rodillas. Alarmada, vio cómo él se ponía en pie también.

–Estos zapatos harán lo que yo les ordene –murmuró él.

Laura se agarró al respaldo de la silla y respiró hondo para calmarse.

–¿Siempre actúas así?

–¿De qué estás hablando? –preguntó él, frunciendo el ceño. Con sus miradas entrelazadas, pensó que era la mujer más expresiva que había conocido. En ese momento, tenía los ojos muy abiertos. Estaba acalorada y molesta y no podía ocultarlo. Y a él le gustaba verla así. Hacía que todas las frías y hermosas modelos con las que había salido parecieran muñecas de plástico a su lado.

Aquella era una mujer llena de fuego, viva y coleando, y exquisitamente sexy.

—¿Siempre haces las cosas a tu manera?

—¿Te parecería mal que te dijera que sí? El noventa por ciento del tiempo, sí.

—¡No me extraña que seas tan... arrogante!

Laura apenas podía pensar con claridad. Mientras, él seguía allí plantado, tan frío como un pepino, haciéndola sentir como si fuera una tonta. Deseó poder plantar una bofetada en su atractivo rostro.

—¿Qué tiene de arrogante decir las cosas como son? —preguntó él con suavidad—. Por cierto, estás muy guapa cuando te enfadas. Tengo la sensación de que no te enfadas a menudo.

Laura apretó los dientes. Quería irse, pero era como si tuviera los pies pegados al suelo.

—No me gustas —le espetó ella, tensa—. Y no quiero tener una aventura contigo.

—Claro que te gusto.

—¡Eres el hombre más egocéntrico que he conocido!

—Si no te gustara, no me estarías mirando así, escupiendo fuego por los ojos. No te afectaría tanto lo que te digo. Y habrías aceptado mi oferta de acompañarte a casa porque no te habrías sentido amenazada —indicó él con una sonrisa y cejas arqueadas—. Podemos resolver esta situación poniéndonos a prueba... —murmuró de pronto, como si hubiera encontrado la solución perfecta.

Alessandro no le dio tiempo a pensar. No pudo. Estaba tan cerca que podía percibir su fresco aroma floral.

Entonces, con una erección impresionante, no pudo evitar imaginar que ella lo tocaba, primero con las manos, luego, con la boca.

Por eso, tuvo que besarla.

Laura adivinó sus intenciones antes de que sus bocas se juntaran. Levantó las manos para apartarlo, se preparó para negarse, pero...

Algo sucedió. Alessandro la besó con suavidad. Cuando saboreó sus labios con la lengua, ella dejó escapar un gemido. Todo su cuerpo tembló. Y percibió la inconfundible erección de él, un indicador de lo excitado que estaba.

Sujetándole de la camisa, Laura lo atrajo contra ella. De pronto, todo pudor la abandonó, entregada a la ardiente reacción de cada una de sus terminaciones nerviosas. Tenía los pezones endurecidos, le cosquilleaba la piel, quería más que un beso.

—Bueno, bueno... —susurró él, soltándola con suavidad.

Durante unos segundos, Laura se quedó aturdida, hasta que la vergüenza se apoderó de ella.

—No sé qué me ha pasado —se disculpó ella en un murmullo.

—Deseo.

—Yo... quiero irme ahora... —balbuceó ella y apartó la mirada, aunque no podía pensar en otra cosa que en su cercanía, en su calor, en el beso que habían compartido. Le horrorizaba admitir que ansiaba repetirlo.

—¿Por qué?

—¿Qué quieres decir? —preguntó ella y contuvo el aliento cuando sus miradas se entrelazaron.

Deseo.

¿No había aprendido la lección?, se reprendió a sí misma. ¡Ya había sido víctima de la mera atracción física en otra ocasión y no le había conducido a nada bueno! Sin embargo, si lo pensaba bien, nunca había sentido por Colin algo parecido a lo que la embargaba en ese momento. Ese beso, que Alessandro le había dado para demostrar que había atracción entre ellos, había inutilizado su capacidad de pensar.

Colin se había acercado a ella de forma sutil, como una serpiente. La había encandilado, había desmantelado sus dudas e inhibiciones. Alessandro, por otra parte, se había comportado como un conquistador al ataque, con sus intenciones expuestas desde el principio.

¡A Laura no le gustaba! Entonces, ¿cómo diablos había él logrado atravesar sus defensas con tanta facilidad?

–No quieres irte. Quieres huir. Los dos sabemos que podríamos haber terminado...

–No quiero hablar de esto –dijo ella, tensa–. Ha sido un error. De hecho, solo ha sucedido porque he bebido. No estoy acostumbrada a tomar alcohol. ¡No estaba pensando con claridad!

–Ya, ya. No te creerás ese cuento, ¿verdad?

–No puedes presentarte aquí y tomar lo que se te antoje solo porque estás aburrido –le espetó ella. Tras respirar hondo, se atrevió a mirarlo a los ojos.

–¿Quién ha dicho que estuviera aburrido? –replicó él. Todavía quería tocarla, sentir la suavidad de su cuerpo bajo las ropas.

Laura se cruzó de brazos.

–No me conviene un tipo como tú.

–¿Como yo? –preguntó Alessandro, sin pensarlo. Después, reflexionó que tampoco él estaba buscando a ninguna mujer, ni como ella ni como nadie.

No era su estilo dar falsas esperanzas. Incómodo, trató de no recordar que ya le había contado a Laura más cosas de las que había compartido nunca con una mujer.

Había sido culpa de las circunstancias, sin duda.

—Eres todo lo que aborrezco en un hombre. ¡No sé qué problema tienes con tu padre, pero ni siquiera te esfuerzas por arreglarlo! En todos estos años, nunca te has molestado en intentar conocerlo, ni en descubrir cómo es su vida aquí... ¿Sabes que estaba emocionado por el hecho de que vinieras dos veces seguidas a verlo? Estaba entusiasmado porque fueras a cenar con nosotros. ¡Se pasó un montón de tiempo eligiendo qué corbata ponerse para la ocasión!

Durante unos segundos, Alessandro se quedó sin palabras. Se levantó y dio un par de vueltas por la cocina antes de apoyarse en la encimera.

Laura no podía interpretar su expresión. ¿Había percibido un atisbo de incertidumbre? No era posible, se dijo ella.

—No seas ridícula —murmuró él, mirándola a los ojos.

—¡No me digas que soy ridícula!

—No es posible que mi padre se emocione por mi presencia, sobre todo, teniendo en cuenta los motivos que me traen aquí. La verdad es que no creo que mi padre se haya entusiasmado nunca por nada que tenga que ver conmigo —señaló él con una amarga sonrisa—. Es un acuerdo tácito entre nosotros. Intentamos limitar al mínimo las demostraciones emotivas. A nosotros, nos funciona bien así.

—Estaba feliz porque mostraras interés por su vida. Deberías dar gracias por tener padre —dijo ella en voz baja y apartó la vista.

—Doy gracias al Cielo cada noche antes de dormirme.

¿Siempre tenía que ser tan sarcástico?, estuvo a

punto de preguntarle Laura. Pero cayó en la cuenta de que debía de ser su mecanismo de defensa. No solo era un arrogante egoísta que pretendía hacer su vida más fácil, a pesar de que eso implicara forzar a Roberto a abandonar lo que más amaba.

Era mucho más complejo que eso.

–Yo daría cualquier cosa por tener padres –comentó ella con tono nostálgico–. Aunque no me llevara bien con ellos.

–Eso es porque eres una sentimental –la criticó él–. Apuesto a que gastas un paquete de pañuelos de papel cada vez que ves una película romántica en la tele.

–¿Es posible que cambies de opinión en lo que se refiere a llevarte a tu padre? ¿Solo estás aquí para asegurarte de que mi abuela no lo despluma?

Alessandro se encogió de hombros.

–Todo se irá viendo.

–Es bueno que hayas apostado por integrarte en su vida –admitió ella.

–No maquillemos las cosas, Laura. Llevarse bien es cosa de dos –le espetó él. ¿En qué momento se habían desviado del tema de la atracción sexual que compartían? No tenía ni idea. Ese era un tema mucho más interesante de conversación.

Laura bajó la vista, sin decir nada. Qué mujer tan frustrante, pensó él. Cualquier otra insistiría por continuar ahondando en el tema, presionando por conocerlo de verdad...

Sin embargo, aquella mujer era diferente. A pesar de la química indiscutible que sentía, insistía en que él no era su tipo. Por eso, tal vez, no pretendía conducirlo a ninguna conversación íntima y emotiva. Lo más probable es que estuviera perdida en sus pensamientos del pasado en ese mismo instante.

–No conozco a mi padre –dijo Alessandro con la

mandíbula tensa, sin pensarlo–. Porque nunca ha estado disponible para mí.

–¿No?

–Me criaron un montón de niñeras –explicó él–. Algunas eran excelentes, eso es cierto. Apenas recuerdo haber visto a mi padre cuando era pequeño. Se pasaba casi todo el tiempo en el extranjero. Incluso... se iba de vacaciones sin mí –recordó con tono distante–. Mientras, es cierto que yo no me privaba de nada que pudiera comprarse con dinero. Me iba a lugares exóticos de vacaciones, acompañado por un séquito de cuidadores. A los siete años me enviaron a uno de los mejores internados del país. Ya puedes hacerte una idea de cómo ha sido nuestra relación...

–Lo siento –dijo ella y dio unos pasos hacia él.

Alessandro, maldiciéndose por haberse sincerado con tanta facilidad, esbozó una sonrisa maliciosa.

–¿Lo sientes tanto como para acostarte conmigo?

–¡Déjalo ya! ¡Eso ha sido una grosería! –exclamó ella, lanzándole dardos con la mirada. ¿Había sido esa su única intención? ¿Le había abierto su corazón solo como un plan deliberado de seducirla?

Laura recordó el modo en que Colin se había metido en su vida, jugando con sus emociones, diciendo siempre lo que ella había querido escuchar.

¿Alessandro Falcone pretendía hacer lo mismo?

Alessandro tuvo la decencia de sonrojarse. Sí, había sido un grosero, algo que no era típico en él.

–Mis disculpas –dijo él, bajando la cabeza–. Tienes razón. Es tarde. Deberías irte. ¿No dijo mi padre que a tu abuela no le gusta que conduzcas a altas horas de la noche?

Laura titubeó unos momentos, sorprendida por su gesto de disculpa. Se humedeció los labios, notando cómo él seguía aquel gesto con la mirada.

Aunque el ambiente seguía cargado de tensión sexual, Alessandro parecía decidido a guardar las distancias.

Por supuesto, sería una locura intentar algo, se dijo Laura. Aun así, la emocionaba pensar que la encontraba atractiva. Y, honestamente, no pensaba que fuera porque estaba allí, perdido en un lugar de remoto de Escocia, solo y aburrido.

Por alguna razón, había querido meterlo en el mismo saco que Colin. Pero Alessandro no era Colin.

—Bueno... —murmuró ella, haciendo un ligero movimiento hacia él, inconsciente del todo.

—¿Bueno, qué?

Ella se encogió de hombros, hipnotizada por sus hermosos ojos.

—No deberías...

—¿Qué?

—Besarme como lo has hecho... con pasión y urgencia... para luego apartarte y fingir que no ha pasado y, que si pasó, no fue culpa tuya...

—Yo nunca...

Alessandro la interrumpió sin miramientos.

—Entonces, cuando yo doy un paso atrás, me miras como si estuvieras deseando que te besara otra vez. ¿Es eso lo que quieres? ¿Que te bese de nuevo? ¿Quieres que cierre la puerta de la cocina con llave, quite los vasos de la mesa y te haga el amor aquí mismo? ¿Con las luces encendidas para que ninguno de los dos se pierda detalle?

Un millar de imágenes eróticas invadieron a Laura. Se le quedó la boca seca. Estaba excitada sin remedio. La ropa interior se le humedeció. Y lo más excitante de todo era que él seguía manteniendo las distancias.

—No... —susurró ella con voz ronca.

–¿Segura? Porque, si lo quieres, no tienes más que decirlo.

–Ya metí la pata una vez al lanzarme a una aventura que no... no era adecuada...

Alessandro se encogió de hombros.

–Como he dicho, aquí no habría malentendidos. Yo no busco nada duradero –informó él, haciendo un esfuerzo supremo para contenerse y no tomarla entre sus brazos. De ninguna manera iba a forzar a nadie a acostarse con él.

Era ella quien debía decidir.

De pronto, Alessandro contempló la posibilidad de que ella se fuera. Si terminaba con las manos vacías, sin poder tocar aquel cuerpo que no podía sacarse de la cabeza, iba a tener que pasarse toda la noche bajo la ducha fría.

Nunca había conocido a ninguna mujer que le hiciera sentir tanta incertidumbre.

–No usaré argumentos persuasivos para señalar que ambos tenemos... necesidades que deben ser... saciadas –insistió él.

–¡Es una locura!

–¿Cuándo vuelve tu abuela de sus vacaciones?

–¿Eh?

–Ya hemos zanjado el tema del sexo –señaló él, fingiendo seguridad. Era mejor pasar al punto siguiente y no volverse pesado–. Antes de que te vayas, quiero fijar un lugar y un día para conocerla.

Laura se había quedado sin palabras. Su cerebro se había quedado bloqueado en el momento en que le había dicho que, si quería que la besara de nuevo, no tenía más que pedirlo.

Al instante siguiente, Alessandro cambiaba de tema con toda frialdad. Era un indicador de cómo podía controlar sus emociones, se dijo ella.

Obligándose a pisar tierra, se centró en la conversación presente.

–Sí. Mi abuela. Vuelve el viernes. Iré a recogerla al aeropuerto. Podría venir en taxi, pero siempre se queja de que los taxistas la engañan y la llevan por caminos más largos para cobrarle más... –añadió ella, nerviosa, consciente de que él la miraba como si estuviera pensando cosas que no tenía nada que ver con su abuela.

–En ese caso, la veré el sábado. Puedes venir aquí con ella.

–¿Para merendar? ¿Por la mañana?

–Para cenar. Quizá le haga un favor a nuestros aparatos digestivos y le dé a Freya el día libre. Estoy pensando en traer a mi cocinero el fin de semana.

–¿Traer a tu cocinero?

–Tengo a alguien contratado para cocinar para mí cuando lo necesito.

–Tu padre tiene mucho dinero, pero no creo que esté de acuerdo con esa opción.

–No –dijo él con una sonrisa que desarmaba–. Creo que está tan acostumbrado a los platos de Freya que no sabrá qué hacer si le presentamos algo comestible.

–Qué malo –dijo ella, sin poder evitar sonreír.

–¿A las siete?

Laura asintió.

–Aquí estaremos.


–¡No hacía falta que prepararas todo esto! ¡No tiene sentido! –protestó Roberto, desde su silla.

–¿No quieres que conozca a... tu novia? –preguntó Alessandro. Mirando a Roberto, reflexionó sobre lo fácil que era que cualquier conversación con él terminara en pelea.

A pesar de todo, desde que Laura le había hablado hacía unos días de los emocionado que había estado su padre el día de la cena, Alessandro se había ablandado un poco.

La noche anterior habían logrado mantener una conversación casi decente sobre un asunto financiero.

Los negocios eran un tema fácil de conversación. Y mucho más estimulante que el frío silencio que solían compartir.

—Los viejos no tienen novia —dijo Roberto, ajustándose la corbata azul marino y mirándose los zapatos relucientes—. Tienen compañera, hijo mío. ¡Y no entiendo tu súbito interés en conocer a Edith! ¡Nunca antes habías tenido mucho tiempo para preocuparte por mi vida!

—Eso es porque, antes, no intentaba convencerte de que te mudaras de aquí —señaló Alessandro, cansado de que su padre siempre maniobrara para no hablar de ese tema.

—Tus novias te deben de estar echando de menos en Londres —observó Roberto con malicia—. Debe de haber hordas de ellas haciendo guardia ante tu casa. ¡A juzgar por las que he conocido, no deben de tener nada mejor que hacer! No suelen ser muy listas, ¿verdad?

Parado ante la imponente chimenea victoriana, Alessandro esbozó una media sonrisa. En ese momento, no había nada que le importara menos que las chicas que lo esperaban en Londres. Solo tenía a una mujer en la cabeza, la misma que estaba a punto de llegar.

—No te preocupes por eso —murmuró él, ignorando la mirada reprobatoria de su padre.

—¿Nunca te has planteado sentar la cabeza?

Alessandro levantó la vista, sorprendido por aquel súbito comentario sobre su vida íntima.

–No, si puedo evitarlo.

–Deberías hacerlo. El matrimonio ayuda a crecer a un hombre –opinó Roberto.

Salvado por la campana, Alessandro se dispuso a abrir la puerta. No tuvo oportunidad de preguntarle a su padre qué clase de matrimonio había tenido con su madre. Aunque sospechaba que debía de haber sido una dictadura en que su madre había tenido que aguantar sus largos y fríos silencios.

Sin embargo... ¿qué sabía él de su padre?, reconoció. Estaba a punto de abrirle la puerta a una amiga y una novia suyas, personas que nunca había sospechado que existían.

Entonces, cuando las recibió, tuvo la incómoda sensación de que la tierra se hundía bajo sus pies.

Laura había preparado a su abuela diciéndole que el hijo de Roberto quería conocerla.

–Me preguntaba cuándo llegaría el momento –había respondido Edith–. Ya era hora de que Roberto y su hijo solucionaran sus diferencias. ¡Solo hace falta un poco de comunicación!

Laura había estado demasiado ocupada en sus propios pensamientos como para prestar atención a ese comentario.

Se había roto la cabeza pensando qué podía ponerse. ¿Cómo se vestía una chica que iba a ver a chico que la excitaba más de lo imaginable, un chico con el que no quería tener una aventura bajo ningún concepto?

Sin poder evitarlo, había buscado en su guardarropa con la intención de impresionarlo.

A pesar de que hacía un frío horrible, llevaba una blusa ajustada sin mangas de color azul, con un escote demasiado generoso, y una falda de vuelo negra con adornos de tul. Su abuela la había mirado con curiosidad al ver lo mucho que se había arreglado, pero ella no le había dado importancia. Era lógico que, si las habían invitado a cenar, no se pusiera los vaqueros de siempre. Se había dejado el pelo suelto, apartado del rostro con dos pasadores azules.

–Estás preciosa –le había dicho su abuela–. ¿Quieres impresionar a alguien?

Ante su comentario, Laura había estado a punto de quitárselo todo y ponerse algo más anodino. Pero no lo había hecho y se alegró cuando Alessandro abrió la puerta y...

Con pantalones vaqueros negros y un polo negro, estaba tan guapo que a Laura se le quedó la boca seca. Sintió cómo él le clavaba la mirada mientras se quitaba el abrigo para dejarlo en el perchero de la entrada.

–Muy guapa –murmuró Alessandro, mientras Roberto y Edith se adelantaban al salón–. ¿Te has puesto esa blusa porque sabías que no podría quitarte los ojos de encima?

–¿Esta vieja blusa? –replicó ella–. Me he puesto lo primero que he sacado del armario.

–¿Qué más tienes en ese armario? Tengo curiosidad...

–Te he dicho que no estoy interesada... en nada... así qué...

–Lo sé –aseguró él, levantando las manos en gesto de rendición–. Solo me besaste porque te habías tomado un trago de ginebra y te quedaste sin inhibiciones. Pero no soy tu tipo porque soy aburrido y arrogante.

–Nunca he dicho que fueras aburrido.

–Entonces, mi compañía te parece excitante y sensual... apenas puedes contenerte para no besarme... pero has decidido controlarte a causa de un imbécil que te rompió el corazón en Londres.

¡Aquel no era el lugar ni el momento para hablar de eso! Laura lanzó una mirada de reojo a Roberto y a su abuela. Edith no paraba de hablar y Roberto se reía. Estaban absortos el uno con el otro como dos adolescentes en su primera cita.

–Como te he dicho, las relaciones funcionan mejor cuando se marcan los límites desde el principio –insistió él. Sumergiéndose en los bellos ojos verdes de su interlocutora, deseó estrangular al cuentista que le había hecho daño–. Pero no puedes arrastrar ese trauma para siempre.

–Puedo aprender de mi error.

–Seguro que puedes aprender, claro. Pero tendrás que seguir con tu vida y arriesgarte de nuevo a aceptar las oportunidades que se te presentan.

–Puedo reducir las posibilidades de meter la pata no teniendo una aventura con alguien inapropiado a todas luces. Estoy deseando conocer al hombre adecuado para mí. Creo que eso es ser prudente, no cobarde.

–Sí, ¿pero qué tiene eso de divertido?

–No se trata de diversión. En lo que a relaciones se refiere, se trata de mucho más que eso.

–Apuesto a que tu abuela no estaría de acuerdo. Parece estar pasándolo genial. ¿Le pregunto a ella?

–¡No te atrevas!

Por el rabillo del ojo, Laura captó que su abuela y Roberto se habían girado para mirarlos con curiosidad. Esbozó una sonrisa fingida y se aclaró la garganta.

–¿Qué está pasando ahí? –preguntó Roberto, acercándose a ellos.

–Nada –dijo Laura.

–¡Bien! Venid con nosotros. ¡Nada de secretitos! No ha sido idea mía celebrar esta cena, pero ya que estamos todos aquí, entrad en el salón. ¡Basta ya de cuchicheos! ¡Son de mala educación!

–¡No ha sido culpa mía! –se disculpó Laura con una sonrisa, tomando el brazo de Roberto–. ¡Regaña a tu hijo!

–Espero... que no sea necesario –repuso Roberto, dedicándole a Alessandro una mirada de advertencia.

# Capítulo 5

S E IRÍA durante la semana y volvería para el fin de semana. Tenía sentido, se repitió Alessandro.

–Vaya pérdida de tiempo –rezongó Roberto–. No entiendo por qué lo haces.

–¿Qué otra cosa puedo hacer? –replicó Alessandro, encogiéndose de hombros–. Edith nos ha devuelto la invitación a cenar para el próximo sábado. Sería un maleducado si la rechazara. Me dio la sensación de que estaba dispuesta a clavarme las agujas de hacer punto si me negaba a asistir.

–Es una mujer de carácter –admitió Roberto.

–Y no hemos llegado a nada respecto a la mudanza a Londres –puntualizó Alessandro. Nunca en su vida había pasado tanto tiempo seguido en compañía de su padre. Y, al paso que iban, iba a tener que llevarse a Escocia a su secretaria y establecer una oficina temporal allí.

Los negocios no esperaban a nadie.

Por otra parte, no echaba de menos el ajetreo de la vida en la ciudad. Era extraño. A pesar de estar en medio de ninguna parte, la conexión a internet era rápida y había podido trabajar con eficacia durante el tiempo que llevaba allí.

–Londres es un nido de polución –comentó su padre–. La vida puede ser mucho más hermosa que vivir rodeado de humo.

Pero Alessandro se alegraba de tomarse un tiempo para pensar en su propia situación.

Cuando volvía a Escocia el jueves siguiente, un par de días antes de lo planeado, estaba de muy buen humor. Podía haber viajado en helicóptero pero, en vez de eso, decidió comprar un billete de primera clase en tren. Durante el trayecto, pudo trabajar bastante bien. Poca gente empezaba a las ocho y media de la mañana, hora en que él ya había salido de viaje. Y, a las diez, cuando su teléfono empezó a sonar, ya había cerrado dos tratos de negocios y se había puesto en contacto con sus empresas en la otra parte del mundo.

A media tarde, se bajó en la estación más cercana al pueblo, donde le esperaba el coche que había dejado aparcado antes de irse. Programó el navegador para ir a la escuela donde Laura trabajaba.

A esa hora, ella estaría terminando. Le había contado solía quedarse después de clase para recoger el aula para el día siguiente.

Durante la cena que había compartido con ella y con su abuela, Alessandro le había comentado que su trabajo de maestra de pueblo parecía tedioso y rutinario. Laura se había sonrojado y le había lanzado una mirada asesina. Se estaba convirtiendo en una costumbre el que se sintiera molesta con él. Pero, bajo sus enfados, siempre latía una innegable corriente de deseo subyacente.

Lo cierto era que Alessandro nunca había dedicado tanto tiempo a pensar en una sola mujer. Ni siquiera se había acostado con ella, aunque se había convertido en una obsesión. Ansiaba que llegara el día en que Laura bajara las defensas y acudiera a él.

El colegio estaba en un extremo del pueblo. Nada

más llegar, vio el coche de la maestra allí aparcado. El sol comenzaba a ponerse y el parque de juegos, que estaba frente al edificio de ladrillo, estaba vacío.

Era la escuela más pequeña que había visto en su vida. Llamó al timbre y le recibió una mujer de mediana edad y gesto severo. Él le explicó que había ido a visitar a Laura Reid.

–Todos sabemos quién eres, el hijo de Roberto –indicó la mujer–. Maud, la cartera, se encontró con la señora que le limpia la casa a Edith y ella le dijo que estabas aquí. ¡Debes de estar muy preocupado por el pequeño accidente que tuvo tu padre, pero se pondrá bien enseguida! Lo mismo le pasó a mi hermana. Tuvo un pequeño ataque cardiaco y, luego, se cayó y se rompió la pierna. ¡Estuvo de baja en el trabajo durante seis meses! Y ahora está como una rosa, así que no hace falta que te preocupes en exceso por tu padre. ¡Es un hombre resistente!

Mientras hablaban, la mujer lo guiaba por un laberinto de pasillos con aulas a los lados. Era más grande por dentro de lo que parecía por fuera. Las paredes estaban decoradas por coloridos dibujos y una estantería baja recorría todo el pasillo, repleta de libros.

Alessandro la vio antes de que ella se diera cuenta de su llegada. Estaba sentada ante un montón de cuadernos, frunciendo el ceño mientras marcaba algo en ellos y mordisqueaba el lápiz. Se le escapaban algunos mechones de pelo de la cola de caballo. Y estaba preciosa.

–Gracias –le dijo él a la mujer que lo había llevado hasta allí y se sacó el móvil del bolsillo.

La mujer lo dejó solo delante de la puerta. Por la ventana de cristal, siguió observando a Laura, que en ese momento estaba rebuscando en el bolso para responder el teléfono.

–Solo quiero decirte que morder lápices puede ser malo para la salud...

Desde el otro lado de la puerta, Alessandro vio cómo a ella se le iluminaba el rostro al reconocer su voz y comprendió que, aunque intentara negarlo, sentía algo por él. Una tremenda sensación de satisfacción lo invadió.

Cuando él se asomó por la puerta, ella se levantó con el móvil todavía en la mano.

–¿Qué estás haciendo aquí?

De pronto, su expresión había cambiado. Se había vuelto tensa. Alessandro adivinó que iba a hacer lo posible para mostrarse antipática porque, mientras lo hiciera, no tendría que reconocer la excitante química que ardía entre ambos.

Y, cuanto más intentaba ella apartarse, más ganas tenía él de acercarse.

La recorrió con la mirada, desde su pelo revuelto a sus botas de piel. Luego, se detuvo en sus pantalones vaqueros gastados y en su suéter rojo.

–Se me ocurrió venir un poco antes de lo previsto. Así que aquí es donde trabajas –comentó él, mirado a su alrededor.

–Sí –afirmó ella, incómoda. Tenerlo allí, en su clase, le resultaba demasiado íntimo. O, quizá, el problema era que había estado pensando demasiado en él. No había podido dejar de recordar su beso, ni siquiera en el trabajo.

–Es bonito. Muy acogedor –observó él y se giró para contemplarla. Sin duda, estaba decidida a resistirse a la atracción que sentía, adivinó. Pero le demostraría que se equivocaba.

–¿Por qué has venido?

–Quería hablar contigo de unas cuantas cosas. Por eso, se me ocurrió venir a ver si todavía estabas aquí.

¿Por qué no dejas de corregir esos cuadernos y tomas un café conmigo? Debe de haber algún sitio cercano donde podamos ir, ¿no?

–Todavía tengo trabajo por hacer.

–Tráetelo contigo. Puedo ayudarte a corregir y, cuando terminemos, podemos comer. Quiero hablarte de un par de cosas que tengo en la cabeza.

–No seas absurdo –dijo ella y le dedicó una débil sonrisa a Evelyn, la directora, que los observaba con curiosidad desde la puerta–. Es que...

–¡Ya nos conocemos! ¡Le he enseñado el camino hasta aquí! –anunció la directora.

Alessandro sonrió a Evelyn, que se sonrojó al instante como una adolescente.

–Quizá usted pueda convencer a esta señorita tan tozuda de que venga a tomar un café conmigo. O algo más fuerte.

Laura no prestó atención a la pequeña conversación que la directora y él mantuvieron a partir de ahí. Cuando estuvieron a solas, caminando hacia el coche de Alessandro, se volvió furiosa hacia él.

–¡Muchas gracias, Alessandro!

–De nada. La próxima vez que necesites que te rescate de la monotonía de corregir cuadernos, llámame.

–¡No estaba hablando de eso!

–¿No? Pues sé más específica. No entiendo por qué pareces enfadada. ¿Dónde están la cafetería o el bar? –preguntó él, una vez que estuvieron sentados en el coche, y arrancó el motor. Mientras, le pareció ver a la directora asomada a una de las ventanas, espiándolos.

–¡No sabes lo rápido que corren aquí los rumores!

–¿No te aburres?

–¿De qué estás hablando?

–Sentada en una clase, corrigiendo cuadernos en un pueblo que tiene veinte habitantes.

–¿Otra vez estás con esas?

–¿No te resulta asfixiante vivir con tu abuela?

–¿Por qué iba a pensar eso?

–Porque has vivido sola en Londres y has tenido libertad para hacer todo lo que has querido. Además, no parece que Edith necesite mucho tu presencia. A mí me ha dado la sensación de manejarse muy bien sola.

–No creo que hayas irrumpido en mi clase para discutir sobre si me gusta o no vivir con mi abuela.

–¿Eso es que sí? No te gusta vivir aquí, en realidad... ¿Y cómo es ese bar al que vamos? ¿Es divertido?

Laura lo miró furiosa. ¡Estaba tan seguro de sí mismo...! Cuando habían cenado juntos con su abuela y Roberto, él se había pasado toda la velada acariciándola con la mirada, obligándola a tropezarse con las palabras y a sonrojarse como una niña.

¿Se habrían dado cuenta su abuela o Roberto? Laura no lo sabía. Por si acaso, hablaba de él lo menos que podía, a pesar de que su abuela le había hecho muchas preguntas indiscretas.

–No está mal. Volviendo a lo de Evelyn...

–¿Evelyn? ¿Quién es Evelyn?

–La directora.

–No sé nada sobre ella, pero hablemos del tema –dijo él, aparcó, paró el motor y se relajó en su asiento.

–Te llevó a mi clase.

–Ah, esa señora. Un poco seria, pero parece amable. ¿Por qué quieres hablar de ella?

La expresión de Laura mostraba enfado y ansiedad.

–Va a preguntarse quién eres.

–Dijo que sabía quién era. Alguien le dijo que estaba aquí. Al parecer, soy tema de conversación en el pueblo, sin saberlo.

Laura gimió.

–¡Quién sabe lo que estará pensando!

–¿Quién sabe qué piensa nadie? –replicó él. Aborrecía los cotilleos, pero esa situación le resultaba inevitablemente divertida–. Aunque, a veces, es fácil de adivinar. Por ejemplo, tú debes de saber lo que yo estoy pensando. Te diré lo que pienso que piensas que estoy pensando...

–No quiero oírlo –protestó ella. Al volverse para mirarlo, descubrió que no podía apartar los ojos de él.

Durante todos esos días, no había dejado de recordarse lo que le había pasado con Colin, repitiéndose que no podía cometer el mismo error con Alessandro.

Colin la había seducido con su encanto, había utilizado su naturaleza confiada para engañarla, había representado el papel del novio perfecto. Y ella se había tragado el anzuelo como una tonta.

¡De ninguna manera iba a meterse en una situación similar! Alessandro podía ser más directo, más sincero... pero estaba hecho de la misma pasta.

Laura se había prometido a sí misma que su próxima pareja sería un hombre normal, considerado, honesto... un caballero. El tipo de hombre que no guardaba a una mujer y dos hijos escondidos bajo la manga, como Colin.

La clase de hombre que no cambiaba de novia con la frecuencia de alguien que cambia de chaqueta, como Alessandro.

Lo cierto era que Alessandro era mucho más peligroso que Colin. Tal vez, esa era la razón por la que no se lo podía sacar de la cabeza, se dijo, llena de frustración.

De hecho, dejar de pensar en Colin le había resultado mucho más fácil que dejar de pensar en Alessandro, caviló.

Sin duda, debía de ser porque había podido dejar su trabajo y abandonar Londres, para instalarse lejos de él.

Sin embargo, Alessandro, se presentaba en su pueblo cada dos por tres, a pesar de que se había pasado casi toda la vida evitando visitar a su padre en Escocia.

–¿Quieres saber lo que estoy pensando?

–¡No!

–Eso pensaba. Te parece más cómodo huir de lo que sientes por mí.

–¡No siento nada por ti! –exclamó ella con un toque histérico que la delataba y, a juzgar por el brillo de triunfo en los ojos de él, no le pasó desapercibido.

Nadie podía obligarle a hacer nada, se recordó a sí misma. Y no iba a dejar que las emociones o su cuerpo rigieran sus acciones. Su desafortunada experiencia con Colin le había hecho crecer. ¡Debía usar la cabeza a la hora de tomar decisiones! Entonces, ¿por qué le preocupaba que Alessandro la observara con gesto pensativo y especulador?

¿Por qué le aterrorizaba sentirse tan atraída por él?

–Nada más que pura atracción sexual. No dejo de pensar en ti cuando tengo que concentrarme en mi trabajo. Eso es malo –observó él.

–No es culpa mía –repuso ella, poniéndose blanca, tratando de no sentir entusiasmo por lo que acababa de escuchar.

–Pues mía, tampoco.

–No hay nada entre nosotros –señaló ella con cierta desesperación–. ¡Y no necesito que todo el pueblo se ponga a cotillear sobre algo inexistente!

–Ah, entiendo. Crees que Evelyn, la directora, va a empezar a difundir rumores infundados...

–¡Sí!

Personalmente, Alessandro odiaba los rumores infundados. Había tenido un par de malas experiencias en ese terreno... mujeres que habían hablado con periodistas sobre su vida privada, dando lugar a dos o tres artículos en la prensa del corazón. Sin embargo, él se había librado de ellas sin piedad. Las mujeres que esperaban de él un anillo de boda y, para colmo, compartían sus esperanzas con la prensa eran una complicación que no consentía en su vida.

Alessandro nunca había pensado demasiado en su rechazo visceral a comprometerse emocionalmente. En un par de ocasiones, había concluido que la explicación debía de estar en la infancia que había vivido.

No había disfrutado de mucho amor. Había asumido que su padre se preocupaba por él, pero con reservas y en la distancia. Y esos dos elementos le habían creado un vacío emocional que nunca había querido explorar, ni superar.

No era la clase de persona que buscaba finales felices. Confiaba en lo que conocía. Y lo que conocía era el mundo del dinero y los negocios, de maquinaciones y tratos, la manera en que se dirigía un imperio.

Las mujeres eran para él solo una manera de liberar estrés. Si alguna se hacía una idea equivocada o empezaba a imaginar un futuro a su lado, ¿de quién era la culpa? De él, no. Siempre era meticulosamente honesto respecto a esas cosas.

Por eso, no era amigo de los rumores infundados.

Sin embargo, en ese caso concreto, teniendo en cuenta lo que Laura le provocaba en ciertas partes de su anatomía, podía correr el riesgo.

—¿Qué más da? Si son infundados, ¿qué nos importan los rumores?

—No se trata de eso.

—No estarás tan preocupada por lo que la gente piense como para prestar atención a lo que dicen sobre algo que no existe, ¿verdad?

Laura lo miró a los ojos.

—Sí, la verdad es que sí. Me importa lo que la gente piense de mí.

–¿Por qué?

–¿Por qué a ti no te importa?

–¿Cómo dices?

–No es normal que no te importe en absoluto lo que puedan pensar de ti. De acuerdo, entiendo que te dé igual lo que piense un extraño sobre ti o sobre lo que haces. Quiero decir que, si el cartero se asoma a tu puerta y no le gusta el color del que has pintado el pasillo, da lo mismo. ¿Pero no te importa lo que *nadie* piense de ti? ¿No hay ninguna persona cuya opinión tengas en cuenta?

–¿Continuamos esta fascinante conversación ante una copa de vino? –propuso él y salió del coche para abrirle la puerta a su acompañante. Sin embargo, no podía dejar de darle vueltas a la pregunta que Laura le había hecho.

Aparte de las exigencias de su trabajo, ¿qué más cosas le importaban? Irritado por aquellos pensamientos, frunció el ceño, intentando dejarlos de lado.

Estaba claro que a Laura no le entusiasmaba su compañía. Parecía que estuvieran representando el cuento de Caperucita y el lobo malo.

De pronto, a Alessandro se le quitaron las ganas de provocarla.

¡Diablos, a ella le preocupaba qué pensarían si la veían en su compañía! ¡No habían hecho nada y, aun así, le molestaba!

Estuvo a punto de decirle que, ya que iban a murmurar sobre ellos, era mejor que fuera con razón. Si todo el pueblo no tenía nada mejor que hacer que espiarlos y especular, ¿por qué no darles algo real de lo que hablar?

–No estás intentando huir de una conversación incómoda, ¿verdad, Alessandro? –preguntó ella, acelerando el paso para caminar a su ritmo.

Por su aspecto, Alessandro no parecía llegar de la

oficina. Irradiaba atractivo con su indumentaria desenfadada, unos vaqueros con un suéter y un abrigo carísimo de última moda. No era muy práctico para el frío clima escocés, pero estaba imponente.

–Nunca he huido de nada en mi vida –señaló él, sujetándole la puerta para que saliera. Y menos de las lenguas viperinas y de los cotillas. Pero, si lo prefieres, podemos mantener una distancia prudencial en público. ¿Qué te apetece beber?

Laura suspiró aliviada al ver que el bar estaba prácticamente vacío y había menos posibilidades de que los reconocieran. Aunque, por otra parte, quizá Alessandro tuviera razón. ¿Qué le importaba a ella lo que dijera la gente? Le había dado tanta importancia a los rumores cuando había sucedido lo de Colin que había hecho las maletas y se había ido de la ciudad. Hasta había dejado su trabajo, sin pensar en las repercusiones. Podía haber ido a pasar un tiempo con su abuela y, después, haber regresado a su empleo, sin haberse preocupado por encontrarse con Colin de nuevo. Ni porque sus colegas hubieran sospechado algo.

Podía haberse quedado en Londres porque... Vivir en el pueblo estaba bien, sin embargo, había veces en que le parecía que el tiempo se hubiera detenido y que no fuera posible avanzar. Allí, había podido dedicarse a la enseñanza, que le encantaba, aunque en Londres...

No. ¡Se negaba a ponerse a pensar en qué habría pasado si no se hubiera marchado!

–Me apetece una taza de té.

–¿Té? Son casi las seis. Podemos tomarnos un vino. No se lo contaré a nadie.

Ella sonrió nerviosa pero, antes de que pudiera encontrar las palabras para rechazar el vino, Alessandro se había ido a la barra, donde la camarera dejó lo que estaba haciendo al instante, para atenderlo.

Por muy frío y desapegado que fuera con su padre, sabía cómo desplegar todo su encanto cuando le interesaba, pensó Laura. La pobre camarera se puso roja como un tomate al ser destinataria de una de sus seductoras sonrisas y apenas pudo acertar a poner la bebida en el vaso.

–Hay una razón por la que he venido un poco antes y me he acercado a visitarte de forma inesperada –comentó él, ladeando la silla en la que estaba sentado para poder estirar las piernas.

Su voz sonaba formal y distante, como si estuviera hablando de negocios. ¡Parecía que estuviera en una entrevista de trabajo! Mejor así, se dijo ella, aunque no pudo evitar sentirse un poco decepcionada.

–Aparte, claro, de que quería ver dónde trabajas... –añadió él con una sonrisa traviesa–. Volviendo al tema de Edith...

–¿Vas a decirme que piensas que quiere robarle el dinero a tu padre? –le espetó ella. Tal vez, si conseguía estar siempre enfadada con él, podría mantener a raya la atracción que sentía, caviló.

–La verdad es que tu abuela me cae muy bien –admitió él con gesto serio–. No sé qué esperaba encontrarme... pero da la sensación de que le sienta bien a mi padre.

–¿Y qué esperabas?

–Alguien más sumiso. Si te soy sincero, no es un hombre fácil. Nunca imaginé que pudiera gustarle una mujer tan... extrovertida y segura de sí misma.

–¿Cómo era tu madre?

–Es uno de los misterios de la vida. No es algo de lo que haya hablado nunca con mi padre y no tengo intención de hablarlo contigo –contestó él. Cuando había intentando tocar ese asunto con su padre, había chocado contra un frío muro de silencio.

Laura se sonrojó. El tono de Alessandro se había vuelto demasiado serio. Al parecer, no estaba cómodo con las conversaciones profundas. Le gustaba hacer las cosas a su manera y eso incluía cuánto quería compartir de sí mismo.

No importaba, se dijo Laura. Tampoco era su objetivo conocerlo y ni abrirle su corazón.

–Mi abuela sabe cómo mantenerlo a raya –comentó ella con una sonrisa–. Se llevan bien. A ella le gusta cuidar de la gente y a él le gusta que lo cuiden. Ella le dice lo que debe o no debe hacer y él obedece como un corderito.

–No puedo creer que estemos hablando de la misma persona. Da igual, iré al grano... Es posible que me equivocara cuando decidí que la única opción era llevarme a mi padre a Londres –explicó él y le dio un trago a su copa, sin apartar los ojos de Laura–. No había pensado que la vida que tiene aquí fuera tan... rica. Parece que lo juzgué mal y soy lo bastante adulto como para admitirlo.

Cuando Laura hizo gesto de burla, levantando los ojos al cielo, Alessandro frunció el ceño.

–¡No me digas! –exclamó ella, riendo ante la expresión perpleja de él–. ¡No puedo creerme que nunca nadie te haya puesto cara de burla!

–Acabo de reconocer que puedo haberme equivocado. ¿Qué tiene eso de divertido?

–¿Eres lo bastante adulto para admitirlo? ¿Qué ibas a hacer, si no? ¿Llevártelo a rastras a Londres contra su voluntad? ¡Todo el mundo se equivoca en sus juicios alguna vez! ¡Es algo normal! –añadió con tono jovial–. Bien, y ahora que lo has comprendido, ¿qué vas a hacer?

–Sigo pensando que tiene que mudarse de esa gran mansión. Puedo admitir que sea bueno para él quedarse en el pueblo. Así que voy a buscarle una casa más pequeña, más manejable.

–¿No vas a preguntarle primero?

–Se lo comentaré, sí. Bien. Ahora que hemos aclarado las cosas, hablemos del fin de semana.

–No voy a ir a ninguna parte contigo –se apresuró a aclarar ella. No podía dejarse embaucar por su físico, se dijo, tratando de no ponerse nerviosa por su penetrante mirada.

Me doy cuenta de que hay cierta química entre nosotros. No voy a negarlo. Pero eso no significa que tengamos que sucumbir a ella. ¡Además, es un insulto que pienses que puedes venir aquí y tomar lo que te apetece sin pensar en las consecuencias! –le advirtió ella–. ¡No puedes hacer eso!

Alessandro la observó en silencio.

Ella bajó la vista a su copa y le sorprendió encontrar que se la había terminado sin darse cuenta. ¡No solía beber y menos a esa hora de la tarde!

–Igual te crees que eres un santo y puedes lavarte las manos porque eres lo bastante considerado como para advertir a las pobres chicas que salen contigo de que vuestra aventura solo durará un par de días...

–Hmm... Días... Hasta para mí eso sería una aventura demasiado rápida.

–¡Pero yo no soy una de esas mujeres! –exclamó ella, ignorando su comentario.

–Nunca pensé que lo fueras.

–¿Porque no soy modelo de pasarela? –preguntó ella, dolida. Se había sentido tan deseable cuando la había besado...

Pero ese hombre, sin duda, era un genio en las artimañas de seducción.

–No. Porque nunca antes tuve que contener tanto mis impulsos con una mujer.

–Bueno, ¡eso no quiere decir que yo tenga que pasarme el fin de semana complaciéndote! –replicó ella con gesto desafiante.

–Creo que te estás poniendo a la defensiva sin razón.

–¡Pues no estoy de acuerdo!

–No intentaba quedar contigo para robarte la virtud, aunque es una opción tentadora... –señaló él con una sonrisa ausente, como si estuviera imaginando toda clase de delicias eróticas–. Iba a decir que este fin de semana sería buen momento para empezar a organizar las pertenencias de mi padre, por si acepta mudarse.

–Ah.

–¿Decepcionada?

Laura quiso que la tragara la tierra. ¡Encima él la observaba con una sonrisa burlona!

–Aliviada –dijo ella.

–¡Estupendo! Hablaré con mi padre esta noche y quién sabe... igual hasta arreglamos todo antes de que me vaya.

Una vez solucionado ese punto, su vida volvería a la normalidad dentro de Londres, se dijo él.

O...

Pensativo, contempló el rostro sonrojado de Laura.

Tal vez, no. Lo último que quería era dejar inacabado aquel asunto en especial...

# Capítulo 6

**P**ARA qué quiero una casa más pequeña? ¡No sirvo para vivir en una ratonera!

Alessandro permaneció en silencio. Como siempre, nada era fácil en lo relativo a su padre.

Sin embargo, por una vez, tenía aliados. Laura y su abuela habían insistido en acompañarlo para darle apoyo moral.

—¡Puede ser terco como una mula! —Edith le había advertido, en cuanto le habían hablado de la decisión de Alessandro y le había dado luz verde—. ¡Pero no se atreverá a llevarme la contraria a mí! ¡Yo puedo ser más terca que él!

Alessandro se había encogido de hombros y, los tres juntos, se habían dirigido a la mansión como pistoleros dispuestos a enfrentarse con el villano de turno.

—¡Y no vayas a decirme que estás de acuerdo con mi hijo! —le dijo Roberto a Edith, señalándola con el dedo.

—A mí no me apuntes con el dedo —le reprendió Edith—. Tu hijo tiene razón y lo sabes. ¿No fuiste tú quien me confesó hace meses que ir andando desde la cocina al dormitorio te resultaba muy cansado?

Alessandro le lanzó una mirada de reojo a Laura y, sintiendo que el ambiente se electrizaba en silencio entre los dos, ella apartó la vista.

Eran casi las seis y media. Otro de los platos de Freya se cocinaba en el horno, listo para atormentarlos en la cena. En pocos minutos, Alessandro iría a sacar del frigorífico la botella de vino que había preparado. Sería un buen acompañamiento para presentar la batalla de titanes que se desenvolvía ante sus ojos.

Edith se mantenía firme y severa como un sargento.

–¡Y no vayas a sugerir que puedes vivir en un ala de la casa nada más! ¡Sabes que eso es una tontería!

–¡Eres implacable, mujer!

–Luego, está lo del jardín. ¿Cuánto mide? Diez hectáreas. ¿Qué hace un hombre de tu edad con tanto terreno? ¡Necesitas un coche para visitarlo entero! ¡Apuesto a que no has ido al campo de la lavanda desde el año pasado! ¿Y quién me contó que el invernadero estaba saliéndose de control? No dejas que los jardineros se ocupen de tus plantas. ¡Pero tú no puedes hacerlo solo!

Alessandro observó divertido el rostro de su padre. Parecía perdido, a punto de tirar la toalla.

Nunca había visto a Roberto así. Su padre siempre se había mostrado en posición de dominio delante de él.

Nada que ver con el hombre que fruncía el ceño en silencio delante de Edith en ese instante.

–¡Eres una bruja, mujer! ¿No tendrás un motivo oculto para intentar sacarme de esta casa? –preguntó Roberto a Edith, afilando la mirada–. Me he enterado de que la casa que hay al lado de la tuya sale a la venta el mes que viene. Sabes cuál te digo... Esos niñatos de Edimburgo la heredaron cuando el viejo Saunders murió. ¿No querrás echarme el lazo, verdad?

–¡No tendrás esa suerte!

–Si me perdonáis... –interrumpió Alessandro y se levantó–. Voy por un poco de vino. ¿Por qué no me acompañas, Laura? Puedes venir a ver qué delicioso manjar nos tiene preparado Freya. Llevaba cuatro horas en el horno, así que quién sabe si se habrá carbonizado ya.

–¡No pienses que has ganado esta batalla, jovencito! –le espetó su padre, apuntándolo con el bastón–. No dejaré que nadie me obligue a hacer algo que no quiero... –añadió, posando los ojos en Edith–. ¡Ni siquiera tú!

Alessandro se encogió de hombros y salió, seguro que volverían a sacar el tema en la cena. Laura lo siguió. Durante la discusión, no había abierto la boca. Se había quedado sentada inmóvil y tensa, consciente de que Alessandro no le había quitado los ojos de encima.

–Me parece a mí que hemos ganado la partida –comentó Alessandro cuando estuvieron a solas en la cocina–. Podemos dejar que tu abuela cierre el trato y suavice las cosas antes de volver con el vino. ¡No puedo creer que desafiara a mi padre! Ha sido memorable –opinó y sirvió dos copas de vino.

Sin decir nada, Laura se acercó al horno, sacó lo que llevaba quemándose durante horas, hizo una mueca y lo dejó sobre la encimera.

Estaba dispuesta a evitar el contacto ocular, adivinó él. Incluso cuando tomó la copa de vino de sus manos, apartó sus preciosos ojos verdes de inmediato.

–A mi abuela le habría roto el corazón si te hubieras llevado a tu padre a Londres. Sé que Roberto ama esta mansión, pero también entiende que es muy grande para él. ¿Quieres que pregunte si está en venta la casita que hay junto a la de mi abuela? –se ofreció ella, lanzándole una mirada nerviosa.

–No hace falta –repuso él, apoyado en el mostrador con cara de concentración.

–¿Por qué?

–Si me das el nombre de los dueños, yo me ocuparé.

–Pero no sabes quiénes son y no viven en la casa.

Creo que son dos hermanos. Recuerdo haber hablado con ellos en el funeral de Jim –indicó ella con una mueca–. Estaban deseando irse. No parecen muy amantes del lugar. Seguro que no tienen planes de mudarse aquí.

–Solo necesito sus nombres.

Laura se los dio y él los grabó en el móvil.

–¿Y si no quieren vender? Igual la quieren usar como casa de vacaciones. Está en un sitio privilegiado para la temporada de pesca del salmón.

–Venderán, porque les haré una oferta que no podrá rechazar. Si quieren una casa de vacaciones, pueden comprarse otra. Mi intención es no perder el tiempo. No me puedo arriesgar a que mi padre se eche atrás.

Cuando Laura no dijo nada, Alessandro la observó con satisfacción. Le gustaba la forma en que su rostro se sonrosaba y cómo intentaba mantenerle la mirada sin ponerse nerviosa. Le fascinaba la perfección de su piel, sin ningún rastro de maquillaje. Llevaba el pelo recogido en una trenza, que le caía sobre uno de los hombros.

¿Qué podía hacer con ella?

No era una mujer dura y experimentada, como sus novias habituales.

Además, se estaba recuperando de un desengaño amoroso. Aunque, en un año y medio, ya había tenido tiempo de sobra para eso.

¿Y cómo podían mantener cualquier clase de relación? Vivían en polos opuestos del país. Y sabía que, por mucho que él le gustara, Laura no pretendía tener una relación con alguien que no cumplía los requisitos adecuados.

Por otra parte, Laura no era su tipo en absoluto. Eran como habitantes de distintos planetas. Y él ansiaba explorar esas diferencias.

Otro punto a su favor era que haría las visitas a Escocia mucho más entretenidas, al menos, durante un tiempo.

—La vida en la ciudad puede ser muy estresante —comentó Alessandro—. Quizá, no he sabido apreciar lo que estos viajes a Escocia me aportan —añadió, ladeando la cabeza—. Me dan tranquilidad. Incluso es posible que me apeteciera pasar aquí una temporada —señaló, encogiéndose de hombros con aire pensativo—. Los modales de mi padre me quitaban las ganas de poner un pie por aquí, pero ahora veo las cosas desde otra perspectiva...

—¿Ah, sí? —dijo ella, sin poder evitar emocionarse ante la idea de tenerlo allí a menudo.

—Mi padre tiene amigos y una vida social aquí. Por eso, empiezo a pensar que igual es una persona distinta a como lo imaginaba. Hasta he descubierto que tiene sentido del humor, algo que creí imposible. Además, he visto con mis ojos que no es tan intransigente con todos los humanos como lo ha sido conmigo. Tu abuela sabe cómo hacerle obedecer. No hace falta ser un genio para adivinar quién lleva los pantalones en esa relación.

—Roberto ladra mucho, pero no muerde.

—Tampoco diría tanto...

Laura lo miró con curiosidad.

—Me he fijado en que tiene buenos dientes —bromeó él—. No suelo salir mucho de vacaciones. Tal vez es hora de que explore esta parte de Escocia.

—¿No sales de vacaciones? —inquirió ella, sin comprender por qué alguien tan rico como Alessandro no disfrutaba de ese placer—. ¿No te cansas de trabajar todos los días? Tu padre dice que no paras nunca. Dice que tu nombre no para de salir en la prensa financiera para anunciar una nueva adquisición o fusión.

—¿Qué sabe mi padre de mis negocios?

–Tiene un cuaderno donde pega los recortes de periódico que hablan de ti.

De pronto, el silencio se apoderó de la habitación. Alessandro se quedó perplejo ante lo que acababa de oír.

–No me voy de vacaciones porque no tengo tiempo –señaló él con brusquedad. Pensó en las casas que tenía, en el Caribe, en París, en la Toscana. Aparte de los viajes ocasionales a París, siempre por motivos de trabajo, nunca disfrutaba de sus otras posesiones–. Por eso, creo que igual es bueno que venga aquí más a menudo –añadió y, con la botella de vino en la mano, se acercó a ella para llenarle la copa de nuevo–. Sería de gran ayuda tener a alguien que me hiciera de guía...

–¿De guía?

–Solo conozco la casa de mi padre y sus alrededores. Nunca me molesté en explorar esta región.

¿Quería que ella le hiciera de guía?, se preguntó Laura, llena de excitación. Apenas podía pensar, sofocada por su cercanía. Cuando levantó la vista hacia él, se le quedó la boca seca.

–Pues es preciosa –indicó ella–. Es mejor que volvamos al salón –dijo y se levantó, con gran cuidado de no rozarlo–. Roberto tiene horarios muy estrictos para comer.

–Igual es necesario recomponer un poco la comida que ha hecho Freya –sugirió él, permitiéndole el cambio de tema. Sabía que, antes o después, retomarían lo que tenían entre manos–. Aunque haría falta ser mago para eso.

Cuando entraron en el salón, Roberto y Edith estaban viendo juntos un libro de jardinería que ella le había comprado en Glasgow. A su lado, también había una corbata nueva.

Roberto se sonrojó al ver a su hijo.

–Esta mujer ha insistido en regalarme una corbata

–dijo Roberto, mientras Edith lo miraba con afecto–. No sé dónde cree que un viejo como yo puede ir con una corbata amarilla con pajaritos rojos –comentó, la tomó y se la puso encima de la que llevaba.

Edith le dedicó una tierna sonrisa.

–Ahora que todo está solucionado y este tozudo padre tuyo ha comprendido que es mejor mudarse a un sitio más pequeño, ¡es hora de darle de comer!


Eran poco más de las nueve cuando Alessandro llevó a Edith y a Laura a su casa. No era habitual, pero había sido una velada agradable.

Roberto había capitulado, aunque había enumerado una lista de requisitos que la casa nueva debía cumplir, si querían que se mudara. Alessandro estaba dispuesto a hacerlos realidad. Y lo haría rápido. El dinero era un poderoso caballero.

–Bueno, no has respondido mi pregunta –dijo Alessandro, cuando Laura lo estaba acompañando a la puerta, después de que su abuela se hubiera despedido para acostarse.

–¿Qué pregunta?

–Voy a estar aquí durante unos cuantos fines de semanas. Estoy pensando, incluso, pasar la mitad del tiempo aquí hasta que terminemos con esto de la mudanza. ¿Quieres ser mi guía mientras tanto?

Laura miró hacia la escalera. Su abuela se había retirado a la cama con una taza de chocolate caliente, pero podía volver a aparecer en cualquier momento sin avisar y no quería darle qué pensar.

Porque no había nada que pensar.

Aun así...

Un escalofrío de excitación la recorrió al acariciar, por un instante, la idea de tener algo con Alessandro.

–No necesitas guía, Alessandro –contestó ella, ganando tiempo, tratando de vencer la tentación–. Tienes coche. Puedes conducir y hacer tú mismo las visitas turísticas que te apetezcan.

–Pero eso no sería tan divertido, ¿verdad?

Sus miradas se entrelazaron, mientras ella se sonrojaba.

–¿De qué tienes tanto miedo? –preguntó él. Se fijó en cómo le latía el pulso en el cuello a Laura, un indicativo de que no estaba tan tranquila como pretendía aparentar. Algo que también había notado en el ardiente beso que habían compartido.

–¡No tengo miedo!

–Y sigues mirando a las escaleras. ¿Crees que tu abuela tiene la cabeza pegada al suelo del dormitorio para ver si puede oír nuestra conversación?

–Claro que no –negó ella, incómoda. Aunque, cuando se trataba de su abuela, todo era posible.

–Me siento atraído por ti –confesó él, acariciándola con la mirada–. Y tú sientes lo mismo.

Laura abrió la boca para protestar, pero se quedó en silencio porque no podía negar lo obvio.

–Eso no significa nada –se apresuró a replicar ella–. Sería una estupidez dejarse llevar –añadió con voz demasiado aguda–. En la vida, hay que elegir –continuó, aclarándose la garganta nerviosa–. Elegí al tipo equivocado cuando estaba en Londres y no quiero repetir el mismo error.

–¿Solo vas a acostarte con un hombre que te ponga un anillo en el dedo? ¿Y si nunca aparece?

–Entonces, supongo que acabaré soltera.

Alessandro no dijo nada. Nunca había sido rechazado por una mujer y la actitud de Laura lo incendiaba como una provocación a la que no podía resistirse.

–Las pertenencias de mi padre serán embaladas.

–¿Eh? –dijo ella. ¿Ya había acabado la conversación?, se preguntó, súbitamente decepcionada. ¿Por qué no se sentía aliviada cuando él no insistía? ¿Por qué se sentía como una cateta aburrida?

–Mi intención en ponerme con ello mañana por la mañana –indicó él, se enderezó y abrió la puerta para salir–. Tendré que echarle un vistazo a la casa en venta antes de tomar una decisión, aunque espero que no tenga ningún defecto grave de construcción.

–Claro –repuso ella. Todavía estaba pensando en la forma en que él había hablado de la atracción física que sentían, como si fuera lo más natural del mundo.

–Una vez que todo esté en regla, puedo organizar la reforma para que quede justo como mi padre requiere. Mientras, igual puedes ayudarme a ver qué cosas son imprescindibles para que las preparemos aparte y cuáles dejamos para que sean metidos en cajas por la empresa de mudanzas.

–Vas un poco rápido, ¿no crees?

–No me gusta retrasar lo inevitable –contestó él, deseando tocarle las mejillas sonrosadas, sostenerla entre sus brazos–. ¿Podrás pedirte un par de días libres en el colegio para ayudar a embalar? No tengo ni idea dónde guarda sus cosas, ni ganas de averiguarlo. Además, tendré que trabajar mientras estoy aquí...

–¡No puedo tomarme días libres! ¡Me necesitan!

–Y yo, también.

La forma en que lo dijo, con tono sedoso y sensual, llenó su comentario de eróticas implicaciones.

–No quiero dejar que unos extraños se ocupen de los objetos personales de mi padre y él no tiene energía para hacerlo solo.

–Quizá, primero deberías comprobar si la casa está en venta o no.

–Si yo quiero comprarla, estará en venta –aseguró él

con una leve sonrisa–. ¿Cuándo podrás confirmarme si puedes tomarte un par de días en el trabajo?

–Yo... Está bien. Hablaré con Evelyn, a ver qué dice. Le preguntaré si pueden prescindir de mí dos días. No te prometo nada.

–Si quieres, yo puedo hablar con ella. Seguro que puedo convencerla para que te libere de sus cadenas durante varios días.

–¿Varios días?

Alessandro se encogió de hombros.

–¿Quién sabe? No sé cuántas cosas tiene mi padre, ni cuántas le son imprescindibles. Pueden ser un par de cajas o cuarenta.

Laura adivinó que, si Alessandro hablaba con Evelyn, la directora le dejaría tomarse el resto del trimestre libre. Ese hombre era demasiado encantador, demasiado persuasivo y demasiado guapo. Era el peligro personificado pero, en vez de alejarse de él, se quedó petrificada en el sitio, mirándolo hipnotizada.

Alessandro la encontraba atractiva...

Era una idea excitante, irresistiblemente tentadora... Despertaba su deseo de aventura y, sin poder evitarlo, le hacía preguntar cuánto tiempo iba a aguantar escondida en aquel pueblecito con su abuela. ¿Era necesaria tanta protección?

Había llegado de Londres en busca de la paz y la tranquilidad del campo escocés. Cuidar de su abuela la había tenido ocupada durante un tiempo. Luego, se había volcado en su trabajo en el colegio. Se había felicitado por haberse construido una nueva vida y haber dejado atrás su desafortunada situación. Se había dicho que era mejor llevar una vida tranquila y sin grandes incidentes que exponerse a sufrir de nuevo. No dejaría que volvieran a hacerle daño. Nunca correría ese riesgo otra vez.

¿Pero podía llamarse vida a eso?

Alessandro le había hecho pensar. Irse a Londres había sido una increíble aventura para ella, hasta que Colin había aparecido y todo se había truncado. Como resultado, había salido huyendo, impulsada por su instinto de conservación.

Otra persona, tal vez, habría visto la situación como un obstáculo que superar. Ella solo tenía veintiséis años y había más hombres por conocer. Cualquier otra persona habría seguido adelante y habría confiado en que la vida le daría otras oportunidades de amar y ser amada.

Sin embargo, Laura se había retirado en su escondite. ¿Acaso la pérdida de sus padres en la infancia la había convertido en una mujer temerosa? ¿Iba a seguir teniendo miedo toda la vida?

Alessandro, con tentadora oferta, le estaba haciendo replantearse todas sus decisiones.

¿Qué pasaría si aceptaba? ¿Estallaría en llamas? ¿Se hundiría el mundo?

¡Claro que no!

Tal vez, incluso, la ayudaría a volver a formar parte del torbellino de la vida sin andar protegida con una armadura tan gruesa. No podía consentir que una mala experiencia la dejara arrinconada para siempre, ¿verdad?

Por otra parte, Alessandro igual no era tan peligroso. Se sentía atraída por él y la atracción física era como un virus que enfermaba y, luego, se desvanecía. Además, no la perseguía con la oferta de una relación estable, como había hecho Colin. Por eso, nunca se iba a enamorar de él. El hombre de su vida sería alguien que compartiera sus creencias y valores y no diera prioridad absoluta al dinero o al trabajo.

—¿Vas a seguir mirándome fijamente? ¿O continuamos con la conversación?

Laura se puso roja.

–Me tomaré unos días libres, aunque no estoy segura de dónde guarda Roberto sus cosas más importantes. Además, imagino que querrá hacerlo él solo. Es un hombre muy orgulloso. No acepta ayuda con facilidad.

–Sabes dónde guarda su álbum de recortes –señaló él, apretando la mandíbula. Le estaba costando un esfuerzo supremo contenerse para no tocarla–. Supongo que tendrá el resto de sus cosas en el mismo escondrijo. La gente suele ser muy predecible.

–No guarda su álbum en un escondrijo. Lo tiene en el cajón de su mesilla de noche. Hace poco, fui a buscarle unas pastillas, después de su operación y se cayó al suelo. Tu padre debía de haber estado mirándolo.

Alessandro no quería ablandarse respecto a su padre. Era demasiado tarde para eso. Sabía que Roberto Falcone era un hombre frío que, probablemente, nunca había querido tener un hijo, un hombre que jamás hablaba de su pasado. De niño, él le había preguntado muchas veces por su padre, hasta que había acabado rindiéndose. Se habían retirado ambos a un distante silencio que había sido su patrón de relación hasta el presente. No era momento de sentir curiosidad por álbumes de recortes inesperados.

–Eres una buena samaritana, ¿verdad?

Alessandro se relajó al ver cómo su tono seductor causaba el efecto deseado. Las mejillas de Laura se sonrojaron.

Él alargó la mano y le apartó un mechón de pelo de la cara. Despacio, le recorrió la mejilla con la punta del dedo y, luego, los labios.

Era lo que había estado ansiando hacer.

Era hora de poner fin a su juego de incertidumbres. La química que compartían era demasiado poderosa. No pensaba dejar que se interpusiera en su camino ninguna tragedia en tres actos sobre las razones por las que no debía acostarse con él.

Paralizada mientras intentaba tomar una decisión sobre cómo actuar, Laura se permitió disfrutar de su caricia. Los labios le temblaron y entrecerró los ojos, soltando un pequeño suspiro. Sin darse cuenta apenas, lo agarró de las solapas del abrigo, se puso de puntillas y se acercó a él, esperando algo más que su dedo sobre la piel.

Cuando la boca de él la tocó, Laura dejó de pensar. Correspondió su beso con urgencia, con pasión. Los pechos de ella se estrellaron contra su fuerte torso.

Despacio, Alessandro le deslizó las manos bajo el suéter y las posó en sus pechos. Laura se estremeció. Se le endurecieron los pezones bajo el sujetador. Quería que se lo arrancara, necesitaba sentir su contacto piel con piel con una urgencia inusitada.

De alguna manera, él consiguió llevarla contra la pared sin romper el contacto de sus bocas.

Laura no había experimentado nunca una pasión tan arrasadora.

Alessandro la sujetó del trasero y la apretó contra su dura erección, mientras ella se frotaba contra él.

–No me importa –susurró ella–. No voy a tener cuidado. Te deseo. Tenías razón. Te deseo tanto...

Alessandro estaba tan excitado que temía hacer algo impensable, sobre todo, teniendo en cuenta que Edith estaba acostada arriba.

Cuando hiciera el amor con Laura, quería que fuera despacio, sin temer que su abuela los sorprendiera en cualquier momento.

Por una vez, no iba a actuar como siempre, ajeno a lo que pensaran o necesitaran los demás.

–Aquí... no podemos –musitó él, jadeante. Con manos temblorosas de deseo, se apartó de ella–. Confía en mí, te tomaría en brazos y subiría esos escalones de dos en dos hasta la cama más próxima, pero...

–Mi abuela está arriba. Lo sé –dijo ella, colocándose el suéter y atusándose el pelo.

–Sueña conmigo esta noche –le susurró él con voz ronca–. Cuando hagamos el amor, quiero tomarme mi tiempo –añadió, acariciándole el pelo, que era suave y sedoso–. Confía en mí, Laúra, merecerá la pena esperar...

# Capítulo 7

EL PADRE de Alessandro parecía estar constantemente pegado a él. Algo a lo que Alessandro no estaba acostumbrado.

La compra de la casa progresaba como había esperado. Solo demostraba que cualquier cosa podía comprarse, si el precio era lo bastante alto. Al principio, los Sauder habían apelado a su apego sentimental a la casa pero, en cuanto habían oído la oferta, habían hecho todo lo posible para cerrar el trato cuanto antes.

La reforma estaba lista para empezar y su padre quería opinar sobre cada detalle.

—¡No voy a dejar que me echen de mi casa para meterme en un estercolero! —había protestado Roberto la noche anterior, cuando padre e hijo habían estado en la cocina, viendo los planos.

—Dile a Edith eso de que te echan de tu casa, a ver qué responde. No creo que esté de acuerdo —había contraatacado Alessandro.

La verdad es que a Alessandro le resultaba casi imposible concentrarse en nada, menos en la localización más idónea para el invernadero. Roberto Falcone aseguraba que no iba a ninguna parte a menos que hubiera un invernadero de determinado tamaño, preparado para unas plantas y flores en especial.

A pesar de que había instalado una oficina provisional en la mansión, tampoco en el trabajo conseguía concentrarse, algo insólito para él.

Laura había conseguido que su vida perfectamente ordenada se tambaleara. Debía de ser porque, todavía, no se habían acostado. La veía a menudo, cada tarde. Repasaban juntos las habitaciones, seleccionando qué había que embalar y qué dejaban a la empresa de mudanzas. Cada vez que sus dedos se rozaban al ir a tomar algo, le subía la temperatura. Se estaba volviendo loco. Habría tenido miles de oportunidades para hacerle el amor en cualquier rincón de las incontables habitaciones, si no hubiera sido por la constante presencia de su padre.

Nunca le había tomado tanto tiempo conseguir algo de una mujer. Y, cuanto más tiempo pasaba, más la deseaba. No podía sacársela de la cabeza. Por eso, aunque podía regresar a Londres y encargarle la reforma a alguno de sus empleados, no quería hacerlo de ninguna manera.

En ese momento, eran poco más de las seis y se levantó de su escritorio, se estiró y se acercó a la ventana con vistas al atardecer en aquel campestre paisaje.

Esa tarde, Laura no iría a verlos. Había una reunión de padres en el colegio, al parecer. Alessandro no recordaba que su padre hubiera estado nunca interesado en asistir a ninguna reunión del colegio. Siempre había estado fuera, ocupado con los negocios. Por lo general, había enviado a alguien para que lo sustituyera, como una niñera.

No tenía sentido intentar seguir trabajando, reconoció para sus adentros. De pronto, posó los ojos en una estantería que había en el despacho. Nunca se había fijado en ella antes, pero seguro que contenía algún libro interesante.

Alessandro oyó a su padre en la cocina antes de entrar. Por la puerta entreabierta, lo vio arreglado a la perfección, como si se hubiera vestido para recibir a la reina de Inglaterra. Hacía días que habían dejado de usar el salón para las cenas y lo habían cambiado por la cocina, más pequeña y acogedora.

Alessandro entró sujetando en la mano unos cuantos sobres que se habían tornado color sepia con el pasar de los años.

—He encontrado un par de cosas —señaló él. Era un tema que no podía pasar por alto. Cuando su padre se giró para mirarlo, dejó los sobres sobre la mesa—. ¿Por qué no me lo dijiste?

—¿Decirte qué? —replicó Roberto, mientras se ajustaba la corbata.

—Tú lo sabes. ¿Por qué no me hablaste de mi pasado?


Una hora y media después, Alessandro iba de camino a ver a Laura. No tenía ganas de estar solo. Su padre y él podían haber seguido hablando hasta altas horas de la noche, pero estaban demasiado habituados a sus silencios como para eso. Habían dado por terminada la conversación cuando ambos habían sentido que todo lo dicho necesitaba ser digerido.

Apagó el motor del coche y se quedó sentado en la oscuridad durante unos segundos, antes de salir y dirigirse a la puerta. Esperaba que Edith abriera, pero lo hizo Laura. Al verlo, abrió los ojos de par en par y se hizo a un lado, para dejarlo pasar.

—Acabo de volver de la reunión de padres —informó ella, mirándolo nerviosa.

Alessandro se quitó el abrigo y entró en el salón.

—¿Dónde está tu abuela?

—¿Qué estás haciendo aquí? Se ha ido a cenar con

sus amigas en el pueblo. ¿Por qué? –dijo ella, inquieta. Quiso preguntarle si había ido a verla porque no podía aguantar más. Quería saber si todos los días que se habían visto, sin poder tocarse porque Roberto había estado siempre presente, habían sido una tortura para él igual que para ella.

Alessandro adivinó el fuego del deseo en sus ojos y sonrió.

–He venido por casualidad –susurró él, acercándose a Laura–. ¿Me has echado de menos?

–Te he visto todos los días, ¿por qué iba a echarte de menos? –replicó ella, poniéndose roja. Había decidido que no iba a resistirse al deseo. Pero tampoco iba a admitir que lo había echado de menos... De alguna forma, eso le hacía sentir vulnerable.

–¿Sabes? –dijo él y deslizó los dedos en la cintura de los pantalones de ella, para bajárselos despacio–. Nunca... he pasado... tanto tiempo... –susurró, llevándola poco a poco contra la pared que tenían detrás–... en compañía de una mujer que deseo... obligado a controlarme tanto.

Con los pantalones por las rodillas, Laura gimió cuando él metió un dedo debajo de sus braguitas para tocarle donde estaba húmeda y caliente. Empezó a acariciarla, distrayéndose de los confusos pensamientos que lo habían conducido hasta allí.

Eso era exactamente lo que necesitaba, se dijo Alessandro.

Al instante, su mente quedó en silencio. Al percibir su húmedo calor, toda preocupación lo abandonó.

–Llevo tanto tiempo esperando este momento... –susurró él, mientras ella se retorcía bajo su contacto, apenas capaz de respirar–. No quiero hacerte el amor aquí, de pie junto a la puerta, apoyada en la pared...

–Podemos ir a mi habitación...

–No quiero que tu abuela nos sorprenda...

–No lo hará. Está cenando con unas amigas y, luego, irá a una conferencia sobre orquídeas. Seguro que vuelve muy tarde.

–¿Dónde está tu cuarto?

Laura tembló, entrelazó sus dedos con los de él y subieron las escaleras en silencio hasta su cuarto.

Alessandro la había tomado por sorpresa. No había tenido tiempo de ponerse nerviosa, pero el corazón le latía a toda velocidad. ¿Estaba segura de que era eso lo que quería hacer?, se preguntó ella.

¿Qué había pasado con su sueño de encontrar al hombre perfecto? ¿Qué había pasado con su decisión de no volver a tener una relación con un hombre que no estuviera dispuesto a comprometerse?

Cuando había tomado esa decisión, no había conocido a Alessandro, pensó. No había descubierto que podía haber alguien capaz de hacer pedazos sus meticulosos planes. En su momento, no le había parecido posible, cuando se había sentido herida y amargada.

En lo relativo a las mujeres, Alessandro Falcone siempre tomaba lo que quería. Sus ojos negros conquistaban y, después, cuando su apetito había sido saciado, descartaban.

Solo pensaba en sí mismo. No tenía sentido de la familia, ni de la pareja. No creía en el amor, ni era capaz de comprometerse, se dijo Laura. Representaba todo lo que ella aborrecía. Aun así...

Ahí estaba.

Laura no encendió la luz del techo, sino la de la mesilla de noche, que dotaba a la habitación de un ambiente cálido e íntimo.

–Parece que te gustan los perros... –comentó Alessandro, mientras se tomaba unos instantes para observar el dormitorio. Había una mecedora en la ventana repleta de perritos de peluche.

–Debería haberme desecho de ellos hace tiempo –dijo ella, riendo, un poco avergonzada–. Siempre he querido tener un perro, pero mi abuela se negó en rotundo y decidió que debía conformarme con peluches. Nunca he sido capaz de tirarlos. Son una parte muy importante de mi pasado.

Alessandro se acercó a ella.

–Tenemos algo en común. Yo también quería un perro pero, por supuesto, no estaba permitido tener mascotas en el internado. No quiero hablar. Quiero tocarte. Quítate la ropa. Déjame verte desnuda.

Después de un breve titubeo, Laura empezó a hacer lo que le había pedido. Ignoró la pequeña voz interior que le gritaba que tuviera cautela. Había elegido vivir el presente, disfrutar de ese hombre y de una aventura sin ataduras. Sabía dónde se estaba metiendo y, de esa manera, no podía ser engañada.

Era en ese momento o nunca. Su abuela todavía tardaría dos horas por lo menos en regresar. No había oportunidad de hacerlo en la mansión con Roberto siempre presente. El anciano estaba obsesionado con supervisar todo lo que se hacía con sus posesiones.

Era una oportunidad de oro. Laura sabía que, luego, él se iría. Los dos dejarían atrás su aventura pero, en ese instante, su único deseo era hacer el amor con ese hombre arrogante, guapo, inteligente... e inadecuado.

En un santiamén, Laura se quitó la blusa y empezó a desabrocharse el sujetador, bajo la atenta mirada de él. Era muy excitante. El aire frío baño la piel desnuda de sus pechos. ¿Qué pensaría Alessandro? ¿Le resultarían más grandes de lo que había esperado? ¿No le parecerían lo bastante pequeños y perfectos?

Alessandro la tomó entre sus brazos. Ella se apretó contra su cuerpo.

–Tienes los pechos más bonitos que he visto nunca –le susurró él al oído.

–Son demasiado grandes.

–Son maravillosos. Y los pezones.

–Demasiado grandes, también.

–Nada de eso –aseguró él y, con suavidad, la tumbó en la cama, mientras Laura se dejaba hacer con un suspiro apasionado.

Bajo la débil luz de la habitación, Alessandro se tomó unos segundos para contemplarla. Su erección parecía de acero, era casi dolorosa, pero quería recuperar un poco de serenidad antes de continuar. De lo contrario, podía terminar nada más empezar.

Ella tenía los brazos doblados detrás de la cabeza, mostrándole los pechos en un ofrecimiento silencioso, como si fueran la más sabrosa de las frutas. Se había quitado los pantalones del todo, pero seguía llevando las braguitas. Él adivinó que, si las tocaba, las encontraría empapadas.

Después de quitarse el suéter y la camiseta, Alessandro se bajó la cremallera de los pantalones, despacio. Respiró hondo para calmarse, no quería acelerar las cosas, aunque estaba a punto de llegar al clímax solo con mirarla, mientras ella lo contemplaba hipnotizada.

–¿Te gusta el strip-tease? –murmuró él con voz ronca.

Ella sonrió.

–Es la primera vez que veo uno.

Estaba tan excitada que apenas podía articular palabra. No podía quitar los ojos de su impresionante erección.

Alessandro se quitó los pantalones y sacó un preservativo de su cartera, que dejó en la mesilla de noche.

Completamente desnudo, se quedó un momento de pie junto a la cama.

Era un hombre enorme, pensó Laura. Por todas partes. Tenía anchos hombros, torso musculoso... y una erección tremenda. Cuando ella se incorporó y la capturó con su boca, él se estremeció de inmediato.

Arqueando la espalda, Alessandro la sujetó de la cabeza, urgiéndola a succionar, a saborearlo.

Cuando no pudo aguantarlo más, se liberó de su boca y se quedó quieto un momento, tratando de controlar su excitación.

—Nunca he deseado a una mujer tanto como a ti.

Laura no estaba en condiciones de analizar lo que eso significaba. Se echó hacia atrás en las almohadas, con las piernas abiertas, y gimió con suavidad cuando él la acompañó.

La besó despacio, tomándose su tiempo, primero en la boca, luego por la mandíbula. Ella se arqueó y suspiró, cerrando los ojos cuando él comenzó a lamerle un pezón.

Era una sensación embriagadora, una pasión que Laura no había experimentado nunca.

Debía de aprovecharlo al máximo, disfrutar sin remilgos, pues era posible que la experiencia no volviera a repetirse, se dijo.

Sin querer detenerse en ese pensamiento, abrió las piernas un poco más cuando él deslizó la mano dentro de sus braguitas y comenzó a frotarle el clítoris. Enseguida, ella le suplicó que parara. No quería llegar al orgasmo así...

Alessandro la montó. Al abrir los ojos para mirarlo, ella pensó que nunca había visto a un ser tan hermoso y que, probablemente, nunca volvería a verlo.

Cuando sujetó su erección entre las manos, él le apartó los brazos con una sonrisa.

–No busco mi satisfacción nada más. Quiero darte placer –murmuró Alessandro.

Acto seguido, se inclinó para lamerle el vientre y fue bajando hasta sus braguitas. Sin quitárselas, empezó a acariciarla hasta hacer que se retorciera de placer.

Entonces, despacio, él le quitó la ropa interior.

A Alessandro le gustara que no fuera un puñado de huesos. La suave redondez de sus caderas era muy sexy. Sus pechos eran generosos, suculentos y le daban ganas de enterrarse en ellos.

Inspirando el aroma a miel de su parte más íntima, él deslizó la lengua en su interior. La delicada sensación era una experiencia abrumadora para Laura que, instintivamente, abrió las piernas un poco más, levantando la pelvis para darle mejor acceso.

Alessandro le dio placer hasta llevarla al borde de la locura, hasta que ella empezó a suplicar que la tomara, que se pusiera encima de ella y la penetrara en ese mismo momento...

–Qué exigente –murmuró él con una sonrisa y tomó el preservativo de la mesilla. Con dedos temblorosos de deseo, se lo colocó.

Tampoco él podía esperar.

Los preliminares eran muy divertidos, pero Alessandro había estado al borde del clímax más de una vez.

Por eso, la penetró en profundidad, disfrutando de su apretada humedad. Mientras ella lo rodeaba con las piernas por la cintura, él le sujetó los glúteos con las manos.

Enseguida, sus arremetidas ganaron velocidad. Laura se quedó quieta, su respiración se aceleró, jadeante, hasta que gritó de placer.

Solo entonces, por suerte, él se permitió sumergirse en el orgasmo. Con una larga arremetida, se convulsionó en el éxtasis más delicioso que había sentido en mucho tiempo.

Invadido por la fiera pasión, Alessandro había logrado dejar de lado la inesperada charla que había tenido con su padre antes de ir a visitar a Laura. En ese momento, tumbado a su lado, abrazando su cuerpo caliente y redondeado, revivió la conversación.

Nervioso, se levantó de la cama y empezó a dar vueltas por la habitación.

Con un escalofrío, Laura se incorporó en la cama, cubriéndose con las sábanas.

Había disfrutado de aquel encuentro, pero era hora de la despedida. Y se sentía fatal. Acababan de hacer el amor y él ni siquiera soportaba seguir tumbado a su lado en la cama durante cinco segundos.

Sin embargo, no podía echarle nada en cara, ni pedirle nada que él no quisiera darle.

Laura no tenía ni idea de qué decir en una situación así. Un insoportable vacío le atenazaba la garganta. Sacando fuerzas, esbozó una sonrisa forzada.

Alessandro la vio y se pasó los dedos por el pelo. Había saciado sus necesidades sexuales y sabía que era hora de irse. Pero no iba a hacerlo. Aún, no. Quería más de ella.

También necesitaba... por primera vez en su vida, después del sexo, necesitaba algo más que mirarse el reloj y volver a sus obligaciones.

—¿Se ha sincerado mi padre contigo alguna vez? —preguntó él de forma abrupta.

Laura lo miró perpleja, sin comprender.

—Por favor, no me mientas —pidió él.

—Alessandro, no tengo ni idea de qué me estás hablando.

—Parece que los dos os lleváis muy bien. Además, está tu abuela. Quién sabe qué confidencias compartís en vuestro trío... –comentó él. Estaba junto a la ventana, con los brazos cruzados, todavía desnudo.

–¿Vas a acusarme otra vez de ser una buscona? –inquirió ella, tensa–. ¿Insinúas que mi abuela y yo nos hemos confabulado para desplumar a tu padre? –añadió con lágrimas en los ojos. Una cosa era tener una aventura de una noche con un alérgico a las relaciones y otra muy distinta era entrar en una batalla encarnizada con él–. Pensé que ya habíamos aclarado eso.

Alessandro meneó al cabeza, se apartó de la ventana y comenzó a recoger sus ropas.

–Encontraste un álbum de recortes –señaló él. Con los pantalones puestos, se acercó al borde de la cama, desde donde la observó con intensidad.

–Ah, sí, eso. Alessandro, no sé de qué estás hablando y me pone nerviosa que me mires así.

–¿Qué más puedes haber encontrado y no me has dado?

–¿Darte? ¿Es eso lo que crees que debería hacer? ¿Quieres que rebusque entre las cosas de tu padre y te de lo que piense que puede interesarte? ¿No crees que le correspondería hacer eso a Roberto? ¿Quieres que espíe a tu padre? ¿Para qué? ¿Por si está invirtiendo en un negocio inútil? ¿O por si está enviando dinero a unos chantajistas? ¡Tal vez, crees que te está escondiendo algo que deberías saber! Estás muy seguro de que tienes derecho a saberlo todo, ¿verdad?

–¿Tú, no? –replicó él, se giró y se sentó ante el pequeño tocador–. Bueno, al parecer, no es así. Por ejemplo, nunca supe que mi madre murió al darme a luz.

Laura soltó un grito sofocado.

–¿Qué?

–¿No te lo había contado mi padre? –preguntó él, pasándose los dedos por el pelo.

–No. No me contó nada. Yo... no entiendo. ¿Cómo

es que has averiguado eso... ahora? –preguntó Laura. Tomó su suéter y se lo puso, seguido de la ropa interior.

No podía seguir tumbada mientras él estaba allí sentado.

Alessandro tenía un gesto tan desolado que ansiaba abrazarlo, tocarlo, consolarlo.

Acercó la pequeña mecedora a su lado y se sentó. Cuando entrelazó sus manos, él no se negó.

–¿Qué más...?

–¿Qué otros secretos se han destapado? Veamos. Tenía una hermana. Murió cuando tenía doce años. Se cayó de un árbol, ¿qué te parece?

–Alessandro...

–Fue entonces cuando decidieron tener otro hijo. Más bien, creo que fue mi madre quien lo decidió. ¿Sabes qué? No tengo idea de por qué te cuento estas cosas...

–Porque todo el mundo necesita que lo escuchen de vez en cuando.

–No quiero que sientas pena por mí.

–¿Estás enfadado con él? ¿Disgustado? –preguntó ella, ignorando su comentario. Estaba dispuesta a hacer cualquier cosa por no verlo tan destrozado, por ayudarle a sentirse mejor.

–Las dos cosas –contestó él con una amarga sonrisa. Estaba triste y furioso, aunque sabía que, con el tiempo, esos sentimientos pasarían y se alegraría de haber tenido esa conversación con su padre.

Por fin, empezaba a entender por qué su padre había sido tan distante. Comprendía que, de alguna manera, lo había hecho responsable de la muerte de su muy amada esposa.

–He sido un idiota –había admitido Roberto, tan incómodo como su hijo ante la idea de compartir sus sentimientos–. Pero, cuanto más tiempo pasaba, más difícil me parecía remediar el daño. Hasta que solo hubo silencio entre nosotros. Debería haberte explicado todo. Tengo fotos de tu madre. Amaba a esa mujer más que a nada en el mundo. Habría muerto por ella. Cuando estés preparado para perdonar a este estúpido viejo, te enseñaré esas fotos, si tú quieres.

–¿Sabes? –dijo Laura, pensativa–. Nunca habla de dónde vivía antes de venir aquí. Siempre ha mantenido esa parte de su vida oculta para todo el mundo –explicó.

Sus manos seguían entrelazadas. Ella deseó poder embotellar el instante, guardarlo en su memoria para siempre. No tenía sentido, pues su relación no iba a ninguna parte. Eran dos extraños que se habían cruzado durante una noche. Entonces, ¿por qué se le rompía el corazón cuando se imaginaba la triste infancia que él había pasado? ¿Por qué quería hacerlo feliz?

Alessandro se encogió de hombros. Laura percibió cómo empezaba a apartarse de ella y entró en pánico al pensar que, tal vez, se arrepintiera de haberle confiado algo tan íntimo. Era un hombre orgulloso, un león acostumbrado a cuidarse solo.

En ese momento, Laura entendió el porqué y lo sintió por él.

–¿Has venido aquí... a hacerme el amor... porque...?

Alessandro se sonrojó.

–Te deseaba. No he analizado las razones. Ahora debo irme, antes de que venga tu abuela y nos sorprenda en una situación tan comprometida –dijo él, abotonándose la camisa sin dejar de mirarla.

Nunca le había confiado sus intimidades a nadie antes, pero no se arrepentía, caviló él.

–Creo que la próxima vez deberíamos buscar un sitio con una cama más grande.

A ella le dio un brinco el corazón al escucharlo. ¿Iba a haber una próxima vez?

–Cuando mi abuela compró esta cama... –comenzó a explicar ella, mientras se ponía los pantalones, mucho más alegre porque él no iba a desaparecer de su vida por el momento–... yo tenía doce años. Nunca imaginé que iba a necesitar una más grande para compartirla con un hombre...

Bajaron las escaleras juntos y, antes de abrir la puerta, ella lo sujetó del brazo.

–¿Estarás bien?

Alessandro se zambulló en sus ojos grandes y verdes y sonrió.

–¿Sientes lástima por mí?

Ella apartó la mano.

–Siento lo mucho que habéis sufrido Roberto y tú. Y siento el tiempo que habéis perdido.

–Me iré, antes de que decidas que necesito un abrazo –dijo él con tono de buen humor–. Nunca he entendido por qué las mujeres abrazan tanto. Hay cosas mucho más interesantes que hacer. Pero, por desgracia para nosotros, ahora no tenemos tiempo.

Sin embargo, a pesar de querer aparentar inmunidad a las demostraciones de afecto, la sincera y compasiva mirada de Laura le caló muy hondo.

Agradecía que ella no hubiera intentando presionarlo para que se quedara, ni hubiera querido aprovecharse de su vulnerabilidad. Tampoco lo había agobiado con preguntas, ni le había ofrecido su cuerpo de nuevo para consolarlo.

Laura era una mujer distinta a las que conocía, sin duda, se dijo Alessandro. No tenía nada que ver con su entorno londinense. Ni esperaba de él nada más que una aventura sin ataduras. Además, conocía a su padre y podía entenderlo. En cierto manera, sus vidas estaban entrelazadas.

Encima, era una amante excelente.

En el trayecto a casa, tuvo una erección al recordar su encuentro. Laura era una mujer sensible, apasionada, natural... y no le había presionado para volver a quedar.

Alessandro tenía claro que quería más de ella.

Su padre estaba dormido cuando llegó a la casa. Al día siguiente, continuarían hablando. Laura había tenido razón al decir que sentía el sufrimiento de ambos y el tiempo que habían perdido. Él había pasado demasiados años ignorante de cómo encajaban las piezas de su pasado.

Había asumido que su padre había sido tan distante con su mujer como con su hijo. Se había equivocado. Su padre había estado hondamente enamorado de su esposa y, cuando la había perdido, había perdido la voluntad de vivir. Sin duda, había perdido el deseo de forjarse un vínculo con el hijo que le recordaba sin remedio a la persona que más había amado. Se había enterrado en el trabajo, excluyéndose de todo lo demás.

Por una vez, Alessandro se fue a la cama sin revisar antes los mensajes de trabajo en el correo electrónico.


Roberto estaba ya levantado cuando Alessandro bajó a la cocina a la mañana siguiente. Había dos cajas de cuero negro en la mesa.

–¡No te quedes ahí parado mirando, chico! ¡Ábrelas! –le increpó Roberto–. Debería habértelas dado hace mucho tiempo.

Alessandro miró a su padre, que estaba sirviendo té en una taza.

–Bueno... –dijo Roberto, girándose un momento–. ¿A qué esperas? Quiero que sepas quién era tu madre. Debería haberte hablado de ella hace mucho. Quería hacerlo, pero...

–El tiempo pasa volando –adivinó Alessandro–. No te preocupes. Tengo la intención de ver esas fotos.

–¿Me perdonas, chico?

Alessandro nunca imaginó que podía tener esa conversación con su padre, ni que escucharía esas palabras. Algo en él se enterneció.

–Depende...

–¿De qué? ¿Eh?

–De si cooperas a la hora de mudarte a la casita nueva antes de que el invernadero esté terminado del todo... porque está resultando un poco complicado construirlo siguiendo todas tus exigencias...

Roberto se relajó y esbozó una sonrisa.

–Soy un viejo maniático. No creo que pueda poner en peligro mis tomates y mis orquídeas. Aunque haré un esfuerzo.

# Capítulo 8

L AURA no sabía qué esperar cuando entró en la mansión la mañana siguiente.

Se había levantado un viento helador y había pequeños copos de nieve en el cielo. El invierno había llegado de golpe. Siempre sucedía así en Escocia.

Había dejado a su abuela ordenando la leñera con la radio a todo volumen. Había deseado estar sola, la verdad. Necesitaba tiempo para ordenar sus pensamientos.

La noche anterior la había dejado conmocionada. No había esperado que Alessandro se presentara en su casa. Se habían pasado demasiado tiempo esperando ese momento. Incluso, ella había llegado a preguntarse si, alguna vez, terminarían haciendo el amor. Hasta la noche anterior, había sido una especie de juego, una especie de excitante tira y afloja.

Por eso, cuando él se había presentado sin avisar, Laura lo había recibido llena de aprensión y emoción al mismo tiempo.

Y, si había tenido alguna duda respecto a su decisión, se había evaporado en el momento en que la había tocado. O antes, en el momento en que le había abierto la puerta.

Conduciendo por los caminos nevados, siguió sumida en sus pensamientos. Había creído que él no había podido soportar la espera, la agonía de no poder tener lo que deseaba. Había asumido que había acudido a ella porque no había podido aguantar más la frustración.

Sí, Alessandro la había deseado, pero había acudido en su busca de una distracción física que lo ayudara a digerir sus problemas. Laura no podía quitarse de encima la sensación de que cualquier cuerpo femenino le habría servido para ello. Él había recibido una noticia inesperada, se había visto sobrepasado por la información y solo se le había ocurrido recurrir al sexo para evadirse de sus sentimientos.

Era doloroso aceptar que, de no haber estado ella en casa, Alessandro podía haber llamado a una de sus muchas conocidas para satisfacer su necesidad.

Aun así, él le había dicho que la deseaba a ella.

Laura sabía que era una tonta por hacerse ilusiones. Sin embargo, la esperanza de que él pudiera alargar un poco más su frágil y fugaz relación la entusiasmaba más de lo que quería admitir.

Tal vez, Alessandro solo lo había dicho por decir, dejándose llevar por la pasión del momento, caviló. La gente decía muchas cosas cuando estaba en una situación vulnerable. Él había bajado la guardia con ella, algo poco habitual. Algo que, quizá, no volvería a repetirse, pues era un hombre acostumbrado a mantener total control sobre sus sentimientos.

Lo mejor, sin duda, sería actuar como si nada hubiera cambiado entre ellos, decidió.

No iba a agobiarlo diciéndole lo mucho que lo deseaba. Ni iba a tratar de hacer el amor con él a la primera oportunidad que se les presentara, como una pobre desesperada.

Tampoco iba a presionarle para que le contara cómo se sentía por lo que había descubierto de su madre. Aunque, en el fondo, ansiaba ayudarlo a superar todos los secretos del pasado.

Y ese pensamiento la asustaba más que nada.

Mirando ausente a la nieve, reflexionó que era normal sentir empatía por una persona cuya vida había dado un giro como le había pasado a Alessandro. Pero lo que sentía por él era algo más que simple empatía, era algo más peligroso. Con un suspiro de frustración, se dirigió a la puerta de la mansión. La única manera de enfrentarse a la situación era ignorándola, se dijo.

Cuando sonó el timbre y Alessandro abrió, ella sonrió con educación y le informó de que había ido para ver si necesitaban más ayuda con los embalajes.

–No habría venido si me hubiera dado cuenta de lo rápido que se está cubriendo todo por la nieve –comentó ella, dispuesta a dar media vuelta si él decía que no la necesitaba.

Alessandro no se había afeitado y tampoco se había peinado pero, en vez de resultar desaliñado, estaba increíblemente sexy. Laura se quedó mirándolo con el pulso acelerado y la boca seca.

Él llevaba unos vaqueros gastados, una vieja sudadera de rugby y zapatillas. Sin calcetines. Lo fantástico era que, a pesar de todo, su aspecto seguía siendo sofisticado.

Frunciendo el ceño, Alessandro se dijo que ese no era la clase de saludo que había esperado. Se había pasado toda la noche pensando en ella, recordando su olor, su sabor, el tacto de su piel. Estaba loco por repetir su encuentro ¿y ella aparecía como si nada hubiera pasado? Por supuesto, no esperaba que se hubiera presentado en la puerta con un abrigo de piel y nada debajo. No era el estilo de Laura. Pero podía haber echo algún amago de besarlo para saludarlo, aunque hubiera sido solo en la mejilla...

Después de una noche de sexo increíble, cualquiera de las mujeres que solía conocer se habría esforzado al máximo en llamar su atención y mantener su interés. Cualquier otra mujer habría ido a buscarlo con su ropa más sexy.

Con un rápido vistazo, comprobó que Laura se había vestido pensando en combatir el frío más que en otra cosa. Sin duda, llevaría ropa interior práctica y cómoda.

Al parecer, no iban a sumergirse en la repetición de su experiencia de la noche anterior, al menos, en ese instante. Sin embargo...

Alessandro se apoyó en el quicio de la puerta y se cruzó de brazos.

–Siempre puedes irte por donde has venido. No querrás verte atrapada aquí por la nieve. Dentro de poco, las carreteras estarán intransitables. Mi padre me ha contado que, por aquí, pasa a menudo.

Laura apartó la vista con un nudo en la garganta.

–En otras palabras, quieres que me vaya.

–Entra –dijo él y se hizo a un lado, dejándola pasar. ¿Pensaba Laura fingir que nada había pasado?, se preguntó, ofendido.

–¿Dónde está Roberto? Me gustaría mucho hablar con él. Hace tiempo que no tenemos ocasión –señaló ella, tratando de ganar tiempo para pensar con claridad.

–Está en el invernadero, contándole a las plantas que van a mudarse –contestó él. ¿Cómo era posible que lo primero que le preguntaba Laura fuera por su padre? ¿Por qué no intentaba llevarlo a la habitación vacía más próxima?

Alessandro estaba acostumbrado a que las mujeres lo acosaran. Él nunca había tenido que esforzarse. Tenía atractivo, dinero y poder, el más efectivo afrodisiaco. Siempre había disfrutado de una situación de ventaja desde su torre de marfil, habituado a que la gente lo buscara a él y no al revés.

Se enorgullecía de no haber tenido nunca que adaptarse a otra persona.

Su experiencia en el internado le había convertido

en un hombre independiente que no necesitaba a nadie
ni buscaba la aprobación de los demás. Lo único bueno
de no tener vida familiar era que había ganado fuerza
de carácter. Y, para él, eso era más importante que cualquier otra cosa.

Por eso, era frustrante estar ahí parado, mientras ella
clavaba la vista en el pasillo, como si no pudiera esperar para ver a su padre.

–Igual es buena idea que vaya a verlo y le lleve una
taza de té, antes de que continuemos haciendo cajas...
¿Cómo está? ¿Qué tal estáis los dos después de todo lo
que ha pasado? Espero que no te importe, pero le he
contado a mi abuela algunas cosas de las que me con-
fiaste ayer y dice que ella sabía algo...

Alessandro se relajó un poco. Aquello sí le parecía
más propio de Laura.

En cualquier otra circunstancia, le habría repelido la
idea de confiarle su vida privada a nadie. Pero había
sentido la necesidad de hablar con Laura por la conexión que ella tenía con su padre. Y el hecho de que
sacara el tema en ese momento... bueno, era de agrade-
cer. Aunque tampoco iba a sumergirse en una larga
conversación sentimental y lacrimógena, claro.

–Está bien. Los dos estamos bien. Escuchar lo que
mi padre tenía que decirme me ha servido para... abrir
los ojos –explicó él, haciendo un gesto hacia la cocina–. Siempre me había preguntado por qué los muebles de la cocina son tan viejos. Parece que es lo único
que mi padre se trajo de la casa donde vivía con mi
madre –añadió y carraspeó, casi arrepintiéndose de
haberle revelado esa información tan íntima.

–Siempre me había preguntado dónde había vivido
antes Roberto y por qué no hablaba de ello...

–¿Quieres un café?

–¿Eh?

–Te prepararé un café antes de que nos pongamos con las cajas.

–De acuerdo, gracias –dijo ella. Había entendido el mensaje, alto y claro. Alessandro no quería continuar por el camino de las confidencias. ¿Por qué iba a esperar otra cosa? Solo compartían una aventura fugaz y uno no hablaba de cosas íntimas con alguien que no era importante para él–. Igual es mejor que vaya... a ver a tu padre...

–Enseguida vuelve –señaló él, un poco irritado. Se dio media vuelta en dirección a la cocina–. No tienes que preocuparte por él como si fuera un niño, Laura. Cuando va al invernadero, es porque necesita estar solo, no porque quiere que le llevemos tazas de té.

–Eres muy sarcástico –murmuró ella, siguiéndolo.

En la cocina, cuando se quitó el abrigo y el gorro de lana, se dio cuenta de que debía de tener un aspecto penoso con los pantalones de pana, el jersey gastado y las botas de piel que se había puesto.

¿Estaría Alessandro preguntándose cómo podía haberla encontrado atractiva la noche anterior?

Por el momento, no había expresado ninguna intención de tener otro encuentro sexual con ella. ¿Por qué eso la afectaba tanto?

Cuando Alessandro se volvió hacia ella con dos tazas en las manos, tenía una sonrisa distante en los labios.

–¿Qué has dicho? –preguntó él, observándola con atención. Laura llevaba un jersey sin ninguna gracia, pero sus pantalones se ajustaban a la perfección a sus curvas. Al mirarla, no podía evitar recordar su cuerpo desnudo. Sabía muy bien lo sexy que era sin la ropa puesta.

–Nada –murmuró ella, tomando la taza. Se sentó a la mesa, desviando la mirada.

–Dime a qué juego estamos jugando –pidió él, sentándose en la mesa, justo a su lado.

–¿Juego?

–Si pretendes hacerte la difícil, es mejor que cambies de estrategia.

–¡No tengo ni idea de qué hablas!

–Hablo de que estás fingiendo que no ha pasado nada.

–No pienso perseguirte ni acosarte, Alessandro –señaló ella–. Ni quiero hacerme la difícil. ¡No estoy jugando a nada!

–Entonces, ¿quieres que los dos hagamos como si anoche no pasó nada? ¿Firmamos un pacto de silencio?

–Sé cómo eres y no pienso ser una de esas mujeres que se cuelgan a tu cuello después del sexo.

–¿Cómo soy?

–Huyes de las relaciones más rápido que una bala –le espetó ella–. Apuesto a que, en cuanto una mujer empieza a hacer planes, tú te pones a buscar la salida más próxima.

Alessandro rio, contemplándola con admiración.

–Me gusta tu sentido del humor –comentó él en una voz ronca y sensual, capaz de derretir a cualquiera–. Te aseguro que se me da muy bien tener relaciones, aunque no sean duraderas. Pero eso no es problema para ti, ¿verdad? Sabes cómo pienso y, después del error que cometiste con un hombre casado, no te interesa implicarte con alguien que no quiere nada a largo plazo –añadió y, de pronto, se le ocurrió una idea que le dejó un sabor amargo en la boca–. ¿Querías a ese tipo?

–¿A Colin? –preguntó ella, desconcertada. No creía que Alessandro fuera la clase de persona interesada en lo que las mujeres opinaban sobre sus relaciones pasadas. Había imaginado que sería un tipo preocupado solo por el presente. Al menos, en el terreno de las relaciones–. Creía que sí –confesó, cuando el silencio empezó a ser incómodo–. Pero me dejé engatusar por su encanto y sus tretas. Creo que me enamoré de la sensación de estar enamorada –explicó. La verdad era que apenas pensaba en él. De hecho, casi se había olvidado de su aspecto–. Supongo que vas a decirme que ese es el problema del amor. No existe, así que es mejor evitarlo y limitarse a disfrutar del sexo.

Alessandro sonrió despacio. Ella se sonrojó.

–¿Seguirías mi consejo, si te dijera eso?

–Puede que tú no creas en el amor. Pero yo, sí.

–Aun así, te limitas a disfrutar del sexo conmigo.

–No tienes por qué sonreír tanto por eso.

–Me gusta pensar que no has podido resistirte... –susurró él. Dejó la taza en la mesa y, con la punta del dedo, le acarició la mandíbula.

–Eres muy arrogante.

–Lo sé. Soy arrogante. Quiero besarte y, seguramente, será una arrogancia pensar que tú también quieres besarme. ¿Acierto o vas a darme una bofetada en cualquier momento?

–¿Alguna vez te ha abofeteado alguien?

–No –dijo él con una sonrisa irresistible.

–No sé por qué me siento atraída por ti –confesó ella con devastadora honestidad.

–Esa línea de pensamiento no va a llevarte a ninguna parte. Déjate llevar –susurró él y, sujetándola con suavidad, la hizo levantarse.

No solo se sentía atraída por él, pensó Laura con piernas temblorosas. Estaba embobada con él. ¿Sería porque era un hombre fuera de su alcance? ¿O porque las circunstancias que los habían unido eran surrealistas? ¿O solo se trataba de su irresistible atractivo, capaz de desarmar a cualquier fémina?

Rodeándolo con los brazos, Laura se apretó contra

él. Su calidez la inundó, mientras soltaba un suspiro de placer.

Se besaron despacio, tomándose su tiempo. Ella se apartó un momento para mirar hacia atrás.

—¿Y si aparece tu padre?

—No vendrá.

—¿Cómo lo sabes?

—Conozco sus hábitos. Se queda en el invernadero durante un par de horas. Yo no había entrado allí hasta hace unos días y he descubierto que lo tiene dispuesto como una habitación. Solo le falta una cama. Tiene una silla, una mesa con libros. Es como vivir en la jungla, sin tener que pagar el billete de avión...

Laura rio. No quería hablar de Roberto. Quería que sus labios se encontraran de nuevo. Sentir su lengua en la boca la volvía loca, porque le hacía recordar cuando le había lamido los pechos, el clítoris...

Entonces, deseó no haberse puesto tantas capas de ropa para combatir el frío. Deseó no llevar sujetador, ni aquellos apretados pantalones. Quería llevar algo suelto y fácil de esquivar, para que él le metiera la mano por debajo y le tocara donde más lo necesitaba.

Sin embargo, como no podía hacer otra cosa, lo besó, sin molestarse en parar para tomar aliento.

Alessandro nunca había probado algo tan dulce. Pensó que ella tenía un olor especial, ligero y suave, que embriagaba sus terminaciones nerviosas como una droga.

Sus pechos, apretados contra él, eran suaves, abundantes... y rogaban ser tocados. Si hubieran tenido la privacidad necesaria, no habría dudado arrancarle las ropas, pues ansiaba sentir el contacto de su piel.

Tenía un cuerpo precioso, en el que un hombre podría perderse para siempre. Aunque ella no era consciente de su propio atractivo. Las modelos con las que

Alessandro solía salir conocían bien el poder de seducción de su belleza y lo utilizaban al máximo. Se aseguraban siempre se sacar el mayor partido a sus atributos.

Laura Reid, al contrario, parecía querer esconder todo lo que tenía que ofrecer. Hacía todo lo posible por pasar desapercibida. Ocultaba sus exuberantes pechos y camuflaba las despampanantes curvas de sus caderas.

Alessandro la agarró de los glúteos y los masajeó con deleite. Luego, la tocó entre las piernas, donde empezó a frotar.

Tardaron un par de segundos en reconocer el golpeteo del bastón en el suelo. Roberto lo repitió con más fuerza, hasta que los dos se separaron y se volvieron para mirarlo.

Laura se sonrojó avergonzada. Se sintió como si tuviera doce años y su abuela la hubiera sorprendido tomando una tableta de chocolate a escondidas. Se pasó las manos temblorosas por el pelo. Tenía la garganta paralizada, incapaz de emitir sonido alguno.

Roberto parecía furioso.

—¡Esto no puede ser! —gritó el anciano, clavando los ojos en Alessandro.

Alessandro también se había quedado momentáneamente sin palabras, mientras su padre los observaba con gesto severo, como un juez a punto de sentenciar a dos criminales.

—¿A qué te refieres?

—Sé cómo eres con las mujeres, chico, ¡y Laura no es una de esas idiotas que te llevas a la cama y luego tiras a la basura como un par de zapatos viejos!

—No sé de qué me hablas —repuso Alessandro, sin poder camuflar sus nervios.

—¡Sabes muy bien de qué te hablo! —le reprendió Roberto y se dejó caer en una de las sillas de la cocina—. Pensé que estábamos empezando a entendernos, hijo. Pero, ahora mismo, comprendo que nunca voy a entenderte –confesó con aspecto derrotado.

–No es lo que piensas –se defendió Alessandro.

–¡He entrado aquí y te he sorprendido aprovechándote de esta jovencita!

–Estoy aquí, Roberto –dijo Laura, al fin, interrumpiendo antes de que continuara la pelea entre los dos hombres–. Y... hacen falta dos para... bailar... este baile...

–¡Tonterías! –replicó Roberto con la mirada clavada en su hijo–. No conoces a Alessandro como yo –añadió con aspecto sofocado.

–Por favor, Roberto –dijo ella, posando la mano en su hombro–. ¿Has olvidado el ataque al corazón que tuviste hace poco?

–¿Cómo voy a olvidarlo? ¡Esa es la razón por la que tengo que mudarme! ¡Al parecer, estoy demasiado viejo para vivir en una casa con más de tres dormitorios! –exclamó Roberto, sin dejar de mirar a su hijo–. ¿Qué quiere decir que no es lo que pienso? ¿Puedes explicarte, chico?

–Crees que me conoces –dijo Alessandro en voz baja, manteniendo la calma de forma admirable–. Admito que mi comportamiento con las mujeres puede haber resultado un poco donjuanesco...

Roberto dio un respingo y arqueó las cejas.

–¿Un poco?

–Pero me doy cuenta de que Laura no es...

–¿Una de esas cabezas huecas con las que tienes aventuras de una noche? ¡Que sea viejo no quiere decir que sea idiota, hijo!

–Nunca pensé que lo fueras. Lo que digo... –comenzó a responder Alessandro y, después de lanzarle una mirada a Laura, suspiró–. Lo que digo es que... esto es distinto.

Laura se quedó boquiabierta.

–Laura y yo tenemos una conexión muy especial. No es una de mis aventuras de una noche.

–¿Conexión especial?

–Esto es serio –continuó Alessandro con tono grave.

Laura tuvo que hacer un esfuerzo por cerrar la boca. Se sentía clavada al suelo. Perpleja. Alessandro se le acercó y entrelazó sus manos.

–¿Cómo de serio? –quiso saber Roberto con la mirada afilada. Su actitud era de lo más escéptica.

Laura no podía culparlo. Solo esperaba que el anciano no le pidiera que confirmara las palabras de Alessandro. No tenía ni idea de adónde iba a parar todo aquello.

Alessandro y Roberto habían alcanzado una pequeña tregua después de dos décadas de guerra fría. Se había abierto una puerta entre ellos. Tal vez, Alessandro solo pretendía salvar los avances que habían logrado, no echarlo todo por la borda. Encima, la salud de Roberto no le permitía grandes disgustos.

–Muy serio –contestó Alessandro.

–En ese caso, te puedo conceder el beneficio de la duda –señaló Roberto y miró a Laura–. ¿Lo sabe Edith?

–No –negó ella.

–Entonces, si me perdonáis, tortolitos... creo que es momento de ponerla al corriente –indicó Roberto y salió de la cocina, dejándolos sumidos en el más completo silencio.

Laura fue la primera en romper el hielo.

–¿Se puede saber qué acabas de hacer? –le increpó ella, apartándose de golpe y cruzándose de brazos.

Alessandro se tomó su tiempo para responder.

–He salvado tu reputación –contestó él con abierta arrogancia.

–¿Has salvado *mi* reputación fingiendo que tenemos

una relación seria que va a alguna parte? –replicó ella, enfadada. En parte, no pudo contener una emocionante excitación ante la perspectiva de que fuera cierto. Pero, por otro lado, ¿quería ella tener algo serio con Alessandro? No. ¿O sí? No se trataba de eso, se dijo con ansiedad. Su vínculo estaba basado solo en la atracción carnal. Esperar cualquier otra cosa sería adentrarse en un campo de minas.

–¿De verdad querías que mi padre pensara que eres la clase de chica que se va a la cama con un hombre solo por placer? No hace falta ser un genio para darse cuenta de que mi padre te tiene en un pedestal. No supe de tu existencia hasta que llegué aquí. En cuanto llegué, sin embargo, percibí que te quiere como a la hija que nunca tuvo –señaló él. Inquieto, comenzó a dar vueltas por la cocina, hasta que se detuvo ante la ventana, mirando al paisaje nevado–. ¿Querías que yo aplastara la imagen que tiene de ti?

–Quizá, no. Pero haberle hecho creer que...

–No es un mentira por completo. Tenemos una relación.

–Yo no diría tanto, Alessandro –replicó ella–. Tenemos la clase de relación que terminará en cuanto te vayas de aquí y vuelvas a Londres. Es algo que los dos sabemos desde el principio.

–Eso son detalles sin importancia –observó él con arrogancia–. También había que tomar en cuenta la salud de mi padre. No está bien del todo. Hablé con sus médicos cuando sufrió el ataque al corazón hace meses y me dijeron que la forma más efectiva de prevenir una recaída era evitarle todo el estrés posible.

–Muy bonito, teniendo en cuenta que viniste con la intención de arrancarle de todo lo que conoce.

Alessandro se sonrojó.

–Cuando decidí llevarlo a Londres, no tenía conocimiento de los vínculos que se había forjado en la comunidad.

Laura se puso roja también, pues sabía eso. Alessandro había actuado con la mejor voluntad cuando había querido llevarse a su padre. No podía haber previsto el giro que daría la situación.

—Ya es bastante malo que tu padre piense que estamos juntos. Pero será mucho peor cuando se lo cuente a mi abuela. Ella lleva mucho tiempo animándome para que salga con alguien. Ahora, te verá como un caballero andante que ha venido a rescatarme. Y tú no eres para nada un caballero andante —le espetó ella.

Alessandro frunció el ceño con irritación.

—Bueno, aquí estamos. Para bien o para mal.

—¿Y ahora qué hacemos?

—Como te he dicho antes, lo mejor es dejarse llevar —contestó él y, dedicándole una pícara sonrisa, se acercó—. Puede que no terminemos ante el altar, pero estamos bien juntos. No pensemos más allá —sugirió y le acarició la mejilla—. Cuando llegue el momento, romperemos y no habrá problema. Las relaciones terminan, incluso las que comienzan con grandes esperanzas... Así que, hasta que eso suceda, aprovechemos esta oportunidad de oro para disfrutarlo.

Nada de ataduras... Y no tendrían que esconderse. Alessandro lo hacía parecer muy sencillo. Entonces, se preguntó Laura, ¿por qué a ella le daba tanto miedo?

# Capítulo 9

UNAS vacaciones!
Roberto y Edith habían ido a hablar con ellos una hora después y les habían anunciado que eso era lo que debían hacer. A pesar de la nieve, la relación de su hijo y Laura había sido lo bastante importante como para que Roberto hubiera enviado a su chófer a recoger a Edith.

Laura se había llevado las manos a la cabeza.

Todavía estaba recuperándose de la mentira que había contado Alessandro y de lo fácilmente que le había propuesto continuar con su aventura hasta que se cansara de ella. Por alguna razón, él creía que era quien llevaba la batuta en todo, quien decidía cuándo y cómo. Encima, después de su conversación con Roberto, se había allanado el camino para poder salirse con la suya.

Para Alessandro, podía tener sentido inventarse que sus intenciones con ella eran serias. Era la mejor manera de poder continuar con sus encuentros sexuales, sin tener que esconderse.

La situación había cambiado de golpe y Laura sentía que había perdido las riendas por completo. Su vida, tan ordenada y manejable antes de que aquel hombre hubiera aterrizado en el pueblo, se había convertido en una montaña rusa. Antes de eso, había estado feliz con su trabajo de maestra, curándose las heridas de su experiencia en Londres. La paz escocesa había sido un bálsamo para ella y había elegido no preguntarse cuánto tiempo iba a seguir recluida allí.

De pronto, él había irrumpido con la fuerza de un terremoto, poniéndolo todo patas arriba. Además, le había ofrecido la clase de peligrosa excitación que ella había decidido evitar a toda costa.

Peor aun, le había demostrado que esa excitación podía exceder, con mucho, los límites de su imaginación. A su lado, Colin parecía solo un fantoche sin importancia.

Para Alessandro, por otra parte, todo era muy fácil. Tomaba lo que quería. Era la clase de hombre del que Laura debería escapar sin pensarlo.

Sin embargo, ¿qué había hecho? Se había dejado hipnotizar por sus hermosos ojos y había empezado a replantearse la vida perfecta, contenida y aburrida que tenía allí en el pueblo.

¿No era mejor arriesgarse a vivir de verdad? ¿Por qué combatir la irresistible atracción que sentía por él? ¿Por qué desaprovechar la oportunidad? ¿Por qué no lanzarse a la piscina?

Alessandro le había contagiado su forma aventurera de pensar. Tanto, que ella había olvidado sus propios principios y las promesas que se había hecho a sí misma.

El resultado era que estaba metida en una farsa ante su abuela y el padre de Alessandro. Para él, podía ser algo llevadero. Pero, para ella, era una situación muy difícil.

En un santiamén, mientras Laura estaba sumida en sus pensamientos, se decidió que los dos se irían a pasar un fin de semana juntos. Ella se había perdido la conversación que habían estado manteniendo a su alrededor, presa de un insoportable sentimiento de culpa. De pronto, la voz de Roberto la volvió a la realidad.

—¡Esa casa que tienes! —le decía el anciano a su

hijo–. Hace años, alardeaste de ella mucho en la prensa. La compraste con los beneficios que sacaste de comprar una vieja refinería. Estaba en un sitio muy exótico... no recuerdo bien...

–En el Caribe –dijo Alessandro, impresionado por toda la información sobre él que su padre había sacado de los periódicos. Observó a Laura, que se estaba bebiendo el té como si su vida dependiera de ello.

–¡Apuesto a que nunca has estado allí! –dijo Roberto, mirando a su hijo.

Entonces, Alessandro decidió que justo allí era donde iba a llevarla.

¿Por qué no?

No podía dejar de pensar en Laura. Apenas podía concentrarse en el trabajo porque, a todas horas, le invadían imágenes eróticas de los dos en la cama. Y eso no le gustaba. Necesitaba aplacar su obsesión. Sin duda, si se pasaba unos días a solas con ella, acabaría hartándose, caviló. Luego, romperían discretamente, como sucedía con todas las relaciones que, sin remedio, llegaban a su fin.

Mientras, unos cuantos días de sexo ininterrumpido serían la mejor receta.

Aunque primero debía convencer a su amante. Por la forma en que ella apretaba los labios en ese momento, tuvo la sensación de que no iba a ser fácil.

–No he podido encontrar el momento –murmuró Alessandro–. Aunque la casa no está desatendida. Y la uso para invitar a mis clientes importantes a pasar allí sus vacaciones. Pero, ahora que lo dices... Creo que unos días de relax bajo el sol pueden ser una excelente idea...

–¿Y qué pasa con la mudanza? Hay que hacer muchas cajas todavía... –protestó Laura.

–La mudanza se hará a su debido tiempo. Está planeada para dentro de tres semanas. En cuanto a las cajas... bueno, ya hemos rescatado los objetos personales más importantes de mi padre. Podemos dejar el resto a los chicos de la mudanza. Roberto y Edith, además, agradecerán tener un poco de tiempo para estar solos, sin tenernos siempre en la sopa.

—No estoy segura de qué ropas llevar... no tengo muchas cosas de verano...

Alessandro se encogió de hombros como si esa objeción fuera una pequeñez absurda.

—No me digas que solo tienes ropa de invierno. No te creo —dijo él con una sonrisa—. Puede que llueva y nieve mucho en Escocia, pero también tiene sus días de calor. Corrígeme si me equivoco. ¿No tienes pantalones cortos y camisetas? De todas maneras, hay un par de tiendas en la isla, si no recuerdo mal. Hace un par de años que no voy por allí, pero recuerdo que a los turistas les solían encantar esas tiendas. Nos iremos mañana por la mañana y volveremos el domingo por la noche. ¿Qué puede ser más relajante que unas vacaciones?

Laura pensó que sería relajante, si no fuera porque eran unos farsantes. Mientras se ponía en pie, se le ocurrieron miles de maneras de disfrutar mejor de un fin de semana.

—Está muy lejos para ir solo dos días —protestó ella, achicándose ante la mirada penetrante de Roberto y Edith—. Hay que tener en cuenta el jet lag y esas cosas...

—¡Eres joven! —le increpó Roberto, quitándole todo peso a su objeción—. Eso del jet lag nos pasa solo a los viejos. ¡A mí, hasta me pasa cuando vuelo a Edimburgo! Sal un poco, querida. Es bueno ver mundo. Si no sales de este pueblo, empezarás a fosilizarte... ¡Recuerda que todavía eres joven! Y tú... —añadió, mirando a Alessandro—... debes tomarte un descanso del ordenador. ¡Por no hablar de que ya es hora de que nos dejéis un poco a solas! ¡Siempre estáis siguiéndome los talones!

Durante las siguientes veinticuatro horas, el pánico fue creciendo dentro de Laura.

No sabía ya qué pensar. Su abuela la había acorralado en cuanto habían llegado a casa y había empezado a hablarle de bodas y de bebés. Se le habían humedecido los ojos al pensar en que su nieta tendría su propia familia. Ella no había podido más que sonreír como única respuesta.

Sí, podía entender por qué Alessandro les había dicho esas cosas en el calor del momento. Sin embargo, estaba resentida con él, pues no había hecho más que complicarlo todo mucho más.

Sin saber cómo, se había metido en un lío. Había accedido a actuar solo en busca de diversión. Pero ella no era así. Era una chica seria que buscaba amor, seguridad y compromiso. Y, aunque había disfrutado cada instante del contacto físico con Alessandro, también estaba aterrorizada. Sin quererlo, se había implicado emocionalmente. No había sido capaz de combatir su propia naturaleza.

Esa era la razón por la que, mientras esperaba que él fuera a recogerla para ir al aeropuerto, temblaba como una hoja.

Su abuela había estado agobiándola desde el amanecer con los preparativos. Incluso le había preparado una tartera con desayuno para que se lo tomaran en el avión. Le había dado instrucciones sobre protegerse del sol y de los mosquitos.

Cuando sonó el timbre de la puerta, su abuela la llenó de besos. Y, como envuelta en una nube, se dejó llevar hasta el coche. Sin perder tiempo, se pusieron en marcha hacia el aeropuerto. La nieve cubría los campos y la temperatura era heladora.

—No va a ser un fin de semana muy agradable si no me hablas —comentó él, mirándola con curiosidad, después de parar el coche, sin previo aviso, en el arcén de la carretera.

—¿Qué haces?

—Intento que nuestras vacaciones tengan un buen comienzo.

Laura posó los ojos en su rostro viril e irresistible. Sintió la fuerza del deseo en las venas, mientras se preguntaba por qué diablos no podía relajarse y disfrutar del momento sin más. Después de todo, no podía hacer nada para impedir la situación.

Además, ya habían hecho el amor antes. Los dos conocían el cuerpo desnudo del otro.

—Estás pensando demasiado. Estás dejando que tu mente le dé vueltas a detalles sin sentido, solo porque mi padre está al tanto de lo nuestro. Bueno, lo sabe. Piensa que tenemos una relación. Eso no podemos cambiarlo —señaló él con tono seco—. Te lo voy a explicar muy claro. Te deseo. Tú me deseas. Y vamos a ir de viaje para tener tres días de sexo sin interrupciones.

—Las cosas no son tan sencillas. Lo ves todo en blanco y negro.

—Solo soy práctico —repuso él. Con la seguridad de un depredador, se inclinó hacia ella y le subió el suéter y la camiseta por encima de los pechos.

Alessandro quería demostrarle que el sexo era sencillo. Laura lo sabía y, aunque su mente estaba llena de confusión, una deliciosa sensación la invadió cuando él le desabrochó el sujetador. Los pezones se le endurecieron por la bajada de temperatura.

Él los miró con gesto apreciativo y ardiente.

—Deberíamos... ir al aeropuerto... No podemos... aquí no...

–No voy a hacer el amor en el coche –dijo él, levantando la vista al rostro sonrojado de ella–. Es demasiado pequeño para un hombre grande como yo. No, solo quería tocarte un poco...

Cuando Alessandro se acercó para lamerle los pezones, ella se recostó en el asiento. Verle la cabeza enterrada entre sus pechos, rodeados de los campos nevados, era sumamente erótico. Abrumada por la excitación, apretó las piernas para calmar la sensación húmeda y caliente que la recorría.

Alessandro, sin embargo, no parecía decidido a ir más abajo de sus pechos. Era una dulce tortura. Ella se sentía indefensa como un gatito, gimiendo de placer mientras le succionaba los pezones.

Entonces, él paró, le bajó la ropa a su lugar y se incorporó en el asiento.

–Disfruta de lo que tenemos –aconsejó él, encendió el motor y regresó a la carretera–. Estamos donde estamos. No tenemos por qué ponernos nerviosos.

Laura estaba ocupada abrochándose el sujetador, recolocándose el pelo... y preguntándose cómo podía explicarle que, para ella, las cosas tenían muchos más matices. ¿Pero cómo podía hacerlo, después de que había aceptado zambullirse en una aventura sin ataduras? ¿Qué derecho tenía a empezar a sacarse escrúpulos morales de la manga? ¿No sería eso una hipocresía?

Iban a tomar un avión privado. Para unas vacaciones tan cortas, era lo aconsejable, le había explicado Alessandro. Ella empezó a hacerle preguntas sobre el avión. ¿Cuándo lo usaba? ¿No le importaba que fuera perjudicial para el medio ambiente?

–Tendrás que quitarte todas esas ropas de abrigo –murmuró él, cuando abordaron el avión negro que los esperaba en un aeropuerto privado.

Laura comprendió lo fácil que era viajar cuando se

tenía mucho dinero. No había que preocuparse por el caos de un aeropuerto público, por hacer colas. Impresionada, miró a su alrededor dentro del vehículo. Apenas lo oyó cuando él le explicó que había pedido que le llevaran un guardarropa de verano. La guio a la habitación privada, que tenía un cómodo sofá, donde se amontonaba su nuevo vestuario.

–He traído mi propia ropa –señaló ella, mirando los coloridos atuendos que había sobre el sofá.

–Pues así tendrás más de lo que necesitas. ¿No es el sueño de cualquier mujer?

–Ya te he dicho que no soy como cualquier mujer. Y ese no es mi sueño –repuso ella. Tomó un ligero vestido de tirantes y lo observó frunciendo el ceño.

–Pruébatelo, Laura. Atrévete a vivir un poco... Nos veremos fuera dentro de cinco minutos. Necesito hacer unas llamadas urgentes.

Laura lo vio marchar. ¿Que se atreviera a vivir un poco? Llevaba semanas haciéndolo. ¡Si no, no estaría allí en ese momento, con un tumulto de pensamientos en la cabeza y un vestido naranja y rosa entre las manos!

Todo iría bien, se dijo a sí misma, para tranquilizarse.

Ya no quería sentirse segura.

Pues un mundo seguro no tenía nada de excitante. Carecía de emoción, de sensaciones nuevas, del sentimiento de estar al borde de un precipicio.

Y no había lugar en él para Alessandro.

Con la respiración acelerada, Laura se sentó en el sofá. Contempló el vestido que tenía en la mano e intentó poner en orden sus pensamientos. Pero estaba mareada.

¿Cuándo se había convertido Alessandro en parte integral de su vida? ¿Cuándo había de ser alguien que

le provocaba antipatía para ser el núcleo central de todos sus pensamientos?

¿Cuándo se había enamorado de él?

¿Cómo era posible que algo tan complicado como el
amor prendiera tan rápido?

No se parecía en nada a lo que había sentido por
Colin. Aquello había sido solo ceguera, provocada por
sus propias inseguridades y por los persistentes halagos
de Colin.

Alessandro la había seducido con más que halagos.
La había seducido con su inteligencia, su ingenio, la
profundidad de sus pensamientos. Ella había perdido la
cabeza por la forma en que la miraba, por cómo la sonreía, por cómo se reía. Admiraba cómo había actuado al
descubrir una parte importante de su pasado que se le
había ocultado durante años.

Por otra parte, él no se había aprovechado de sus
inseguridades. Solo le había hecho ver sus miedos y le
había enseñado a sentirse hermosa y deseable.

¿Era esa la razón por la que se había acostado con
él? ¿Acaso su corazón había estado enamorado, incluso
antes de que fuera consciente? Hasta entonces, Laura
había acallado sus dudas diciéndose que solo había
sentido atracción sexual. Pero no podía seguir engañán-
dose.

Por eso, estaba muy asustada. Para ella, era mucho
más que una aventura, mucho más que la oportunidad
de disfrutar del sexo antes de que lo suyo terminara.

Para colmo, no estaba cómoda, en absoluto, con la
mentira. No le gustaba haber hecho creer a Roberto y a
su abuela que su relación podía ser seria. Ambos pare-
cían muy ilusionados con la idea. Se había metido en
arenas movedizas y no sabía cómo salir.

–¿Te has quedado dormida? ¿Necesitas a tu caballero andante para que te haga el boca a boca?

Laura negó con la cabeza. Se cambió de ropa en un momento, poniéndose el vestido de verano con una rebeca a juego.

–Qué lástima –dijo él. Llevaba dos horas con una poderosa erección y ver cómo ese vestidito resaltaba sus sensuales curvas no era de gran ayuda–. Estaba deseando que me dijeras que sí.

Laura esbozó una débil sonrisa. Después de haber reconocido lo que sentía por él, todo le afectaba mucho más. Apoyado en el quicio de la puerta, estaba tan guapo que cortaba la respiración. Llevaba una camiseta y unos vaqueros, sencillo conjunto que acentuaba su sensualidad natural. Cuando bajó la vista, se puso roja al comprobar la muestra de cómo ella lo excitaba también.

Una enorme erección se dibujaba bajo la bragueta de los pantalones.

–Ya lo sé –dijo él, siguiendo la dirección de su mirada y adivinando sus pensamientos–. Pero, por desgracia, no tenemos tiempo. Aunque, podría pedirle al piloto que...

–¡No! –gritó Laura. Recordó cómo le había lamido los pechos en el arcén de la carretera, temiendo que quisiera repetirlo y se arriesgaran a que alguien los sorprendiera.

Alessandro parecía estar por encima de todo. Sin duda, porque emocionalmente se sentía a salvo de la situación, caviló ella.

Alisándose el vestido con las manos, salió delante de él.

–No es mi estilo.

–Estás guapísima. Además, te alegrarás de haberte cambiado cuando lleguemos. Hace un calor tremendo en el Caribe –comentó él, sonriendo al pensar que, por muy apasionada que Laura fuera entre las sábanas, fuera del dormitorio era esquiva como un animal salvaje y se sonrojaba como una adolescente.

Una vez sentados en sus asientos, Alessandro le colocó el cinturón de seguridad y le dedicó una sonrisa llena de picardía cuando le rozó un pecho con el brazo.

–¿Qué crees que pensará a tripulación de esto... de nosotros?

–No lo sé. No me importa.

–¿Hay algo que te importe, Alessandro? –preguntó ella, levantando la voz para ser oída en medio del ruido de los motores a punto de despegar.

–Hay un trato de negocios que estoy a punto de cerrar. Eso tiene toda mi atención en este momento. Eso es algo que me importa, sí.

–Pero hay más cosas en la vida que los negocios.

–¿Vas a darme un sermón sobre mi forma de vida? –replicó él, girando su cuerpo hacia ella–. Me dedico a lo que sé hacer. Trabajo. Dinero. Negocios. Y, en lo relativo a los sentimientos, prefiero tenerlos bajo llave, si es a eso a lo que te referías.

–¿Quieres decir que nunca te permites a ti mismo sentir nada por nadie?

–¿Desde cuándo tienes interés en lo que yo siento? ¿Y por qué?

Laura se sonrojó. Desde que había admitido para sus adentros que estaba enamorada de él como una tonta, se dijo.

–Todos intentamos averiguar cómo funcionan los demás –repuso ella, encogiéndose de hombros–. Supongo que es parte de la naturaleza humana.

–¿No me digas? Pues yo no he logrado entender cómo funciona ninguna mujer –aseguró él. Aunque, si lo pensaba bien, no era cierto, pensó. Pero no tenía sentido seguir con esa conversación.

Laura se forzó a sonreír. No la sorprendía. Alessandro se acostaba con muchas mujeres, pero no iba más allá. Ejercía férreo control sobre sus sentimientos y las cosas de la vida que no despertaban su interés.

Una dolorosa sensación la invadió. Cuando estaba con ella, Alessandro parecía concentrado al cien por cien en ella. Y le dolía pensar que él actuaba de la misma manera con todas las mujeres con las que se acostaba.

Se había enamorado de un hombre que no tenía interés en construirse una vida junto a una mujer. Estaba engañando a su abuela y a un anciano al que tenía mucho cariño. Estaba actuando contra su naturaleza, se reprendió a sí misma. Encima, se había subido a un avión privado para pasar unos días a solas con alguien que solo quería conseguir sus objetivos con el menor esfuerzo posible. Se mirara como se mirara, estaba en una posición vulnerable. Debía, por lo menos, intentar suavizar la caída. El primer paso sería no delatarse, no dejar que él adivinara lo que sentía, decidió.

Sin duda, si Alessandro descubriera que, para ella, era mucho más que una aventura, se sentiría horrorizado, agobiado.

O, tal vez, le resultaría divertido, incluso, se alegraría de tener la sartén por el mango, de saber que ella haría lo que fuera por complacerlo. Una mujer enamorada era más fácil de manejar. Así, podría poner en práctica sus talentos de experimentado depredador.

Laura se preguntó cuántas mujeres se habrían enamorado de él en el pasado.

–¿Nunca has tenido la tentación de tener con alguien algo más que una relación superficial?

–¿Quién ha dicho que mis relaciones sean superficiales? –replicó él. No le gustaba lo que insinuaba su pregunta. No era un hombre rastrero y frío. Solo era práctico, cuidadoso, contenido–. Soy un hombre de sangre caliente. Adoro estar con mujeres y, cuando estoy con una, soy fiel. A diferencia del tipejo con el que saliste, por cierto. ¿Qué clase de hombre prefieres? ¿Uno honesto o uno que diga lo que quieres oír, aunque no tenga intención de cumplir sus promesas? Seguro que el tipejo ese se deshacía en promesas, ¿verdad?

Laura se sonrojó. Sí, Colin había sido de los que hacían muchas promesas. Pero, entre los dos, debía de haber un término medio, ¿no? Aunque no creía que Alessandro pudiera encajar nunca en ese término medio.

Ella bostezó y medio cerró los ojos porque su conversación no iba a ninguna parte. Pensó que no podría dormir, acosada por un enjambre de pensamientos contradictorios. Sin embargo, se quedó profundamente dormida.

Cuando Alessandro la llamó para despertarla, Laura lo encontró observándola con una sonrisa.

–No estoy acostumbrado a que las mujeres se duerman en mi compañía.

–Supongo que estarán muy ocupadas intentando impresionarte –contestó ella, se enderezó en su asiento y miró por la ventanilla. El mar azul y brillante se abría a sus pies. De pronto, su entusiasmo por ir de vacaciones eclipsó sus dudas y temores.

–Se habrían pasado la mayor parte del trayecto tratando de llevarme a la cama.

–Qué idiotas por pensar que así iban a poder prolongar tu interés en la relación –opinó ella.

Alessandro seguía sonriendo.

–Me gusta pensar que, en la cama, las mujeres reciben tanto placer como el que me dan a mí. La idea de compromiso ya sabes que no entra en mi ecuación.

Laura no dijo nada. ¿Qué podía decir? Prefirió concentrarse en las impresionantes vistas. De niña, casi nunca había salido de viaje fuera de Inglaterra. Había visitado Francia en una ocasión y España. Cuando había estado trabajando en Londres, sus vacaciones habían consistido en volver a Escocia. El impresionante escenario del Caribe quitaba la respiración.

El avión aterrizó con la puesta de sol, en una preciosa isla poblada de cocoteros. Hacía calor. Y los sonidos... Millones de insectos emitían ruidos desde todas partes. Podía olerse la sal en el aire.

Laura lo contemplaba todo asombrada, haciéndole cientos de preguntas a Alessandro sobre el lugar. Al parecer, la isla era muy pequeña, un lujoso refugio para los más ricos el mundo. El turismo de élite era la principal fuente de ingresos de sus habitantes. Había varias mansiones vacacionales repartidas por aquel paisaje tropical y exuberante.

Un sonriente hombrecillo de piel morena los recogió a su llegada en un todoterreno y los condujo por una carretera serpenteante bordeada de palmeras y toda clase arbustos repletos de coloridas flores.

Al fin, llegaron a una finca que tenía una casa de campo con un largo porche de madera. Era sencilla, pero espectacular.

—¿Cómo es posible que nunca vengas aquí? —preguntó ella, mirando a su alrededor embelesada cuando entraron en la casa.

—Porque no tengo tiempo —contestó él, encogiéndose de hombros—. Es tarde. La despensa está abastecida de comida. Podía haber contratado a un cocinero, pero no le vi sentido, pues solo estaremos un par de días... —comentó él, admirando lo hermosa que estaba Laura con el pelo suelto y revuelto—. Pero podemos dejar la cena para después de refrescarnos un poco —sugirió, encaminándose hacia los dormitorios.

Alessandro llevaba tiempo sin ir a esa casa, pero si

recordaba bien, el dormitorio principal tenía un baño tan grande como para albergar una fiesta.

Cuando él la rodeó con sus brazos e inclinó la cabeza para besarla, ella se apartó enseguida.

–Primero, quiero explorar la casa.

–Es una casa normal. Tiene dormitorios, una piscina, salón, jardines. ¿Qué quieres explorar? El único sitio donde quiero llevarte es a la cama.

–¡No todo es sexo en esta vida! –protestó ella. Sin embargo, la prisa que él parecía tener por hacerle el amor la llenaba de excitación. Tuvo que echar mano de toda su fuerza de voluntad para resistirse y dar una vuelta por la casa, que era impresionante.

Las ventanas abiertas dejaban entrar la brisa del mar. Alessandro le contó que había un camino que llevaba a una cala privada.

–Pero iremos en otro momento –advirtió él, notando cómo ella abría los ojos de par en par, emocionada.

–Es una casa preciosa –señaló ella, recorriendo con la mirada el reluciente suelo de madera, los muebles de bambú y las cortinas de muselina–. Parece sacada de una revista.

–Y he dejado lo mejor para el final –murmuró él, guiándola hacia la zona de dormitorios.

Había seis habitaciones para invitados y una principal, reservada para uso exclusivo de su dueño. Tenía una terraza enorme con vistas al mar. Laura salió de inmediato, llenándose los pulmones con la brisa tropical. Luego, se fijó en la cama gigante con cortinas de gasa para protegerla de los mosquitos.

A continuación, él la llevó al baño, el más grande que había visto en su vida, donde empezó a quitarle los tirantes del vestido.

Laura lo miró con impotencia. No era capaz de negarse ni de poner distancia, a pesar de que sabía que aquella situación iba a hacerle trizas el corazón. Cuando la tocaba, no podía resistirse. El vestido quedó en el suelo, a sus pies, seguido de la ropa interior.

Cuando ella alargó la mano para desabotonarle la camisa, él la detuvo con una pícara sonrisa.

–Quiero ir despacio. Verte dormir en el avión me ha excitado más de lo que puedo aguantar. Si tenemos sexo ahora mismo, no seré capaz de estar a la altura.

Laura se sonrojó y lo rodeó del cuello, mientras la besaba despacio y en profundidad. Al oído, él le decía cosas que la hacían sonrojarse todavía más y excitarse más allá de lo imaginable.

Poco a poco, recorriéndole el cuerpo con la boca, se arrodilló ante ella. Laura apenas podía mantenerse en pie. El deseo hacía que le temblaran las rodillas. Cuando él introdujo una mano entre sus piernas, dejó escapar un gemido como respuesta.

Ella echó la cabeza hacia atrás, abrió las piernas y se sumergió en la exquisita sensación de su lengua deslizándose por sus pliegues, el botón del clítoris, el centro de su feminidad. Lo agarró del pelo, abriéndose más, ofreciéndose a aquella deliciosa exploración, perdiéndose en las caricias de su boca.

El orgasmo la atravesó con la fuerza de un tornado.

Gritó de placer, sintiendo la brisa marina en la cara. Cuando abrió los ojos, apenas pudo reconocer a la mujer que vio delante de ella, en el espejo.

Estaba sumida en un universo paralelo y lo único que podía hacer era esperar a que todo acabara...

Y protegerse lo mejor que pudiera...

# Capítulo 10

SENTADA junto a la piscina, gozando de los rayos del sol del atardecer, Laura pensó que el tiempo había pasado volando.

Al día siguiente por la mañana, el mismo avión que los había llevado hasta allí los conduciría de vuelta a la dura realidad.

No habían hablado en ningún momento de su supuesta relación. A ojos de Edith y Roberto, eran dos enamorados. Según eso, deberían estar pensando en su futuro, en vez de solo en el presente. Alessandro le había aconsejado, sin embargo, que contemplara el fin de semana como una oportunidad para tener sexo apasionado y que se olvidara de Edith y Roberto.

Y tanta era su influencia sobre ella, que Laura se había volcado en disfrutar de la experiencia y había bloqueado todas sus dudas e inseguridades.

La pequeña isla era como un paraíso que no tenía nada que ver con lo que ella conocía. Era como una especie de patio de juegos para los más ricos, con casas impresionantes y playas de arena fina y blanca y de agua cristalina. El pueblo era muy pintoresco, con varios restaurantes excelentes, un par de tiendas muy caras y un puñado de negocios más.

Se sentía como dentro de una película o de una postal. Todo era tan perfecto que tenía un extraño tinte de irrealidad.

Era tan irreal como su relación. Ella sabía que estar

en la isla era como estar en una burbuja, donde era fácil olvidarse de los problemas.

Suspirando, cerró los ojos. Cuando los abrió, se encontró a Alessandro observándola.

–No pareces estar muy contenta –señaló él.

Laura se incorporó en su hamaca y se puso la mano sobre los ojos para protegerse del sol. ¿Cómo era posible que no se cansara de admirar lo guapo que era ese hombre? Cada vez que lo miraba, se le aceleraba la respiración. Él había conseguido colarse en todos los recovecos de su mente y de su corazón. Y, cuando pensaba que iba a tener que acostumbrarse a dejar de verlo, un enorme y oscuro vacío se abría ante sus pies.

Ella sabía que era la única culpable. Él no le había pedido que se enamorara. De hecho, Alessandro le había aclarado desde el principio que su vocabulario no incluía la palabra amor.

–Voy a echar de menos todo esto cuando nos vayamos –murmuró ella con una sonrisa forzada.

Lo primero que se le ocurrió a Alessandro era que podían volver en otra ocasión. Pero, enseguida, frunció el ceño, porque ese era la clase de plan de futuro que él siempre evitaba hacer con una mujer.

–Aunque vivas en Escocia, puedes irte de vacaciones a lugares soleados –comentó él.

Laura se obligó a seguir sonriendo, aunque era la clase de respuesta que no había buscado. Por supuesto, él no entendía que lo que iba a echar de menos no eran las vacaciones bajo el sol.

–Tendría que ahorrar mucho para eso. Por si no lo sabes, las profesoras no tenemos grandes sueldos.

Alessandro le dedicó una sonrisa que desarmaba y le recorrió el brazo con la punta del dedo. Ella se estremeció al instante, mientras la tensión sexual crecía entre los dos. No lograba saciarse de ella, se dijo él.

–Admito que este destino en particular no está al alcance de una profesora –murmuró él–. A menos, claro, que la profesora sea la amante de un genio de los negocios. Me alegro de que te haya gustado el lugar. A la casa le viene bien que la usemos de vez en cuando.

–¿Por qué tienes propiedades como esta que apenas usas?

–Son inversiones –contestó él–. Buenas inversiones. Esta casa ha subido de valor desde que la compré y, ahora mismo, me alegro de no haber cedido a la tentación de venderla.

–¿Nunca has venido aquí con nadie?

–¿Cuando dices *nadie*, te refieres...?

–A otras mujeres. Esas afortunadas chicas con las que sales...

–Por lo general, suelo salir con ellas en la ciudad, no de vacaciones.

–¿Y eso por qué?

–No sabes lo mucho que te deseo ahora mismo...

–Cuando no quieres hablar, lo resuelves todo recurriendo a la atracción física. Siempre actúas así.

Alessandro se recostó en su hamaca y levantó los ojos al cielo azul. Nunca había conocido a una mujer que respetara menos los límites. A pesar de que él se los había mostrado, ella los ignoraba y los pisoteaba con toda a facilidad del mundo.

–Resulta que me gusta disfrutar del placer físico –repuso él, volviéndose hacia ella. Cuando notó que Laura lo observaba con una expresión parecida a la lástima, añadió–: Me gusta más que tener largas conversaciones profundas sobre temas que no van a ninguna parte.

Laura apretó los labios.

–Bueno... Odio tener que explotarte tu burbuja pero, a veces, la gente tiene largas conversaciones profundas, por mucho que a ti te resulten aburridas e irrelevantes.

Laura no había tenido la intención de hablar de eso con él. Sus palabras tendieron una sombra de tormenta sobre el pequeño paraíso que habían ocupado los últimos dos días. Pero ella no podía seguir fingiendo. Sabía que, cuanto más tiempo pasara con él, más se enamoraría y más dolorosa sería la separación.

Estaba metida en un buen lío.

Alessandro se puso tenso. ¿De veras quería hablar de esas cosas? Se incorporó, se quitó las gafas de sol y la miró.

Laura tenía el corazón acelerado y la boca seca. ¿Quería arriesgarse a estropear lo que les quedaba de su estancia allí? Podía reír y cambiar de tema. Podía aceptar que aquella era una situación ideal, pero que era mejor disfrutar de lo que tenía, ir con la corriente. ¿Por qué no seguir fingiendo, como había sugerido él y, cuando las cosas terminaran, explicarles a Roberto y Edith que lo suyo no había salido bien?

Sin embargo, ¿podía disfrutar, sabiendo que solo era cuestión de tiempo que el corazón se le hiciera pedazos? Cada vez que Alessandro la tocaba, pensaba que podía ser la última. Cada vez que la miraba, intentaba ocultar sus sentimientos. Sospechaba que, si él intuía la mitad de lo que sentía, saldría huyendo en la dirección opuesta.

Disfrutar de la situación presente sería como caminar en un campo de flores sabiendo que estaba sembrado de minas ocultas, listas a explotar en cualquier momento.

—Nunca he dicho que me resultaran aburridas o irrelevantes —dijo él con gesto serio.

—No puedo seguir jugando este juego. No puedo tener una aventura sin ataduras emocionales contigo. No puedo aprovecharme de que mi abuela y Roberto piensen que tenemos una relación. No es esa mi naturaleza

–confesó Laura, apartando la vista–. Sé que crees que has dejado muy claros los términos de nuestro... acuerdo. Sé que crees que es más fácil para ambos tener una aventura y, cuando termine, dar la noticia a nuestros familiares y separarnos sin mirar atrás. Pero yo no soy así.

–¿Por qué no?

Alessandro, sin embargo, conocía la respuesta. Se pasó los dedos por el pelo, agobiado, y se puso en pie. El espacio abierto que los rodeaba, de pronto, le pareció demasiado pequeño. Por primera vez en su vida, la tarea de deshacerse de una mujer que había cometido el terrible error de enamorarse de él le resultaba demasiado pesada. Laura lo amaba. Él había intentado no pensarlo, había intentado bloquear esa certeza. Pero sabía que ella lo amaba.

Él tenía sus reglas. Siempre las dejaba claras. Siempre le había sido fácil despedirse de quien no las había cumplido. Pero el error había sido suyo desde el principio, porque nunca había sentido la necesidad de seducir a una mujer que buscara más de lo que podía darle. En las pocas ocasiones en que alguna había pretendido ir más lejos, él se había sentido aburrido y no le había costado lo más mínimo romper.

Sin embargo, en ese caso, era distinto.

No estaba preparado para romper.

–Además de que no me gusta engañar a mi abuela y a Roberto...

–¿En qué les estamos engañando? –la interrumpió él, levantando las manos con gesto de frustración–. ¡Tenemos una relación!

–No tenemos la clase de relación que ellos imaginan.

–No estamos haciendo daño a nadie –insistió él. Todavía se resistía a empezar el proceso de separación y a dar voz a la verdad que pesaba como una losa sobre ellos.

Sus miradas se entrelazaron y él se sonrojó.

–¿Por qué no dices de una vez lo que tienes que decir? –le espetó él.

Laura titubeó, dividida entre su necesidad de arreglar las cosas y su ansiedad por contarle cómo se sentía. En el fondo, albergaba la pequeña esperanza de que, si admitía que lo amaba, él no se iría corriendo. Era una esperanza vana, se dijo, irritada consigo misma por no poder pensar con claridad.

–Mis sentimientos hacia ti son demasiado fuertes como para hacer esto, Alessandro –dijo ella, eligiendo las palabras con cuidado–. Para mí, no es un juego. Y, si sigo con ello, voy a terminar hecha pedazos. Eso es algo que no quiero.

–Te advertí que no había lugar para nada más que el sexo. Te dije que yo no amo a nadie.

–Siento haber desobedecido órdenes –replicó ella, levantando la voz furiosa, mientras él la miraba como si fuera una extraña, con gesto frío y distante–. ¡Algunas personas tenemos sentimientos!

–Yo tengo sentimientos. ¡Lo que pasa es que sé cómo controlarlos!

–No puedo hacer esto –repitió ella, se levantó y se marchó corriendo.

Alessandro la vio alejarse, pero se obligó a no seguirla. Esperó a perderla de vista, furioso consigo mismo por su indecisión, y se dirigió a la playa.

El sonido del mar lo calmaría. Necesitaba pensar con perspectiva pero, por primera vez en su vida, no le era posible. Laura lo amaba y, aunque él lo había adivinado desde el principio, no se había apartado de ella. ¿No debería haber sido esa su primera reacción instintiva?

Sin fijarse apenas en la bella estampa que hacía la cala de agua cristalina y cocoteros, sin darse cuenta de la suave brisa que le acariciaba el rostro, se sentó, invadido por un torbellino de confusión.

Laura había roto sus defensas, aunque nadie podía acusarle a él de no haber dejado claros los límites. Ella los había atravesado de todos modos.

En el fondo, Alessandro lo había sabido. Había sido consciente de lo que ella sentía e, incluso así, había decidido ignorarlo y aprovecharse de la situación. Al fin, ella le había confirmado sus sospechas, le había abierto su corazón y...

Pasándose la mano por el pelo, se levantó, se sentó de nuevo, miró a la lejanía.

¿Cómo podía seguir deseándola después de lo que acababa de pasar? ¿Por qué pensar en la separación le llenaba de miedo y pánico? Todo en su vida había sido claro como el cristal hasta entonces... sobre todo, las relaciones...

¿Por qué, en ese momento, le costaba tanto decidir cómo actuar? Cuando pensaba en prescindir de ella, se sentía... vacío. Era como si un poblado bosque hubiera oscurecido de pronto los horizontes abiertos de su vida y no supiera cómo sortearlo.

Irritado, frustrado y confundido, se levantó, se quitó las ropas y se zambulló en el mar.


Laura quería que él fuera a buscarla. El orgullo la obligaba, sin embargo, a no volver atrás. Furiosa, hizo la maleta, sin molestarse en doblar la ropa, mientras esperaba ansiosa escuchar sus pisadas acercándose. Pero, cuanto más tiempo estaba la casa en silencio, más ganas de llorar tenía.

A las ocho, después de haber tomado un pequeño

refrigerio, se resignó a la idea de que no iría a verla. No había más que hablar. No tenía ni idea de dónde se había marchado Alessandro, pero se negaba en redondo a salir a buscarlo.

A las nueve, estaba ya bastante preocupada. Todavía no había señal de él.

Por primera vez desde que habían llegado, se acostó en la cama sola. En medio de la noche, lo escuchó regresar. Al pensar que podía acostarse con ella, se puso rígida.

Laura deseaba tenerlo a su lado, pero sabía que no le quedaba otra opción que ser honesta y coherente.

Alessandro no se acostó con ella. Lo oyó rebuscar algo en el dormitorio y, después, salir de la habitación.


El silencio que se cernió sobre ellos al día siguiente era insoportable. Cuando Alessandro le dirigía la palabra, era con la cortesía de un completo desconocido. Laura respondía en el mismo tono helador, evitando el contacto ocular, manteniendo las distancias. En el avión, ella se enterró en la lectura de un libro, mientras él se concentraba en la pantalla de su portátil.

No tenían nada más que decirse. Laura no podía estar más hundida.

Aterrizaron en un aeropuerto gris y blanco por la nieve. Los cielos azules tropicales habían quedado atrás para siempre. A su lado, Alessandro se pasó hablando por teléfono casi todo el trayecto en el coche que los fue a buscar.

—No tienes por qué llevarme a casa —dijo ella, rompiendo el silencio entre llamada y llamada.

—¿Cómo piensas volver entonces? —preguntó él—. ¿Pretendes caminar desde mi casa a la de tu abuela cargada con la maleta?

–No quiero que terminemos así –musitó ella, tem-
blorosa–. Podríamos... seguir... siendo amigos...

–No es mi estilo –repuso Alessandro. Laura lo había
dejado. Había sido para mejor porque lo último que
quería él era complicaciones con alguien esperaba que
fuera capaz de amar. Sin embargo, no podía librarse de
una amarga sensación. La noche anterior, se había pasado horas caminando en la playa, mirando el océano
sin fin, tratando de suavizar su mal humor, sin conse-
guirlo.

Todavía más irritante era que seguía deseándola.
Laura se había concentrado en leer un libro en el avión,
ignorándolo, y él no había podido dejar de pensar lo
mucho que quería hacerle el amor.

No estaba acostumbrado a que lo abandonaran y no
estaba acostumbrado a que lo ignoraran.

–Bien –dijo ella, tensa–. No digas que no he intentado hacer las paces.

Alessandro se puso de peor humor aún.

–Imagino que tu abuela te estará esperando, ¿no?

–Le envié un mensaje de texto diciéndole cuándo
llegaría. Mira, va a ser muy molesto que nos comporte-
mos como enemigos...

–Bueno, quizá, deberías haber considerado eso antes... –contestó él y apartó la mirada–. ¿Y cómo piensas
dar la noticia?

–Diré que, después de haber pasado un largo fin de
semana juntos, hemos comprendido que no nos lleva-
mos bien.

–Eso es una maldita mentira, ¿verdad?

–No estoy preparada para seguir saliendo contigo, ni
para continuar con esta farsa –explicó ella, sin mirarlo
a los ojos, y suspiró–. Si lo hubiera sabido... quiero
decir... Nunca fue mi intención implicarme tanto.

Alessandro nunca se enamoraría. Para él, el amor

era señal de debilidad, se repitió a sí misma, haciendo un esfuerzo supremo para no llorar.

Cuando llegaron a casa de Edith, empezaba a oscurecer.

–No tienes por qué acompañarme –indicó ella–. Será más fácil si entro sola y... le cuento la noticia. Tú puedes hacer lo mismo con tu padre...

–Y la próxima vez que nos veamos... ¿qué hacemos? ¿Fingir que no hemos sido amantes? Va a ser un poco difícil, cuando estás enamorada de mí y lo que más deseas es acostarte conmigo.

–Me mantendré alejada mientras estés aquí –contestó ella con tono frío. Abrió la puerta del coche y salió.

Alessandro salió también, a toda velocidad, tomó la maleta de Laura del maletero y la llevó a la puerta de la casa. Sin esperar a que ella lo alcanzara, llamó al timbre.

–No voy a dejar que desaparezcas –le dijo él.

Durante unos segundos, sus miradas se entrelazaron. Laura no podía apartar los ojos de su hermoso rostro. Sabía que él iba a besarla. También, sabía que debía apartarse, pero estaba clavada al suelo. Cuando sus labios se encontraron, no pudo hacer nada más que abrazarlo. Cielos, ¡qué dulce era su sabor!

Laura apenas se dio cuenta de que la puerta se abría. Se echó hacia atrás con el cuerpo tembloroso, cuando se topó con la mirada de su abuela.

–¡No es lo que parece! –aseguró ella y se volvió a Alessandro, que no decía palabra. Se preguntó si él lo habría planeado todo para ponerle las cosas difíciles... porque todavía la deseaba y no estaba preparado para dejarla marchar.

¿Sería capaz de actuar así?

Laura tuvo ganas de abofetearlo.

—Roberto está aquí —informó Edith y se hizo a un lado para hacerlos pasar.

Dentro, Roberto estaba con otro hombre, que Laura reconoció horrorizada. Era el párroco local. ¿Qué diablos estaba haciendo allí? Mientras, en algún momento, en medio de la confusión, Alessandro aprovechó para entrelazar sus dedos con los de ella.

Laura estaba sin palabras. El párroco dijo que había pasado por allí para saludar... Dijo que había querido conocer a los dos tortolitos... Dijo que no había nada más satisfactorio que el matrimonio... Comentó la buena pareja que hacían, lo mucho que le gratificaba que los jóvenes se enamoraran. Y, cómo no, también les comunicó que, en caso de que se decidieran a pasar por el altar, sería un honor para él casarlos.

Sin éxito, Laura intentó levantar la cabeza hacia Alessandro, pero fue incapaz de mirarlo a los ojos. ¿Estaría tan conmocionado como ella? Él parecía estar llevando el hilo de la conversación, se reía, charlaba y se mostraba muy amistoso, mientras ella se mantenía muda.

Al fin, media hora después, Alessandro y Laura se quedaron a solas en el salón.

—¿Qué acaba de pasar? —preguntó ella en un susurro. En unos minutos, otras personas les habían planeado el futuro.

Alessandro se había apoyado en la chimenea y la miraba pensativo.

—¿Qué esperabas que hiciera? —preguntó él, a la defensiva—. Estaba tan sorprendido como tú.

—¿Por qué no dijiste nada?

—¿Y tú?

—Estaba demasiado perpleja. Apenas entendía qué estaba pasando. Mi abuela no me avisó de nada. No puedo creer que el padre Frank pasara por aquí por casualidad. ¿Qué hacemos ahora? —gimió ella.

Él seguía mirándola, en silencio. ¿Por qué no decía algo? ¡Siempre tenía respuesta para todo!

–No es tan malo –murmuró él.

Laura se quedó boquiabierta.

–¿Es todo lo que tienes que decir? ¿Y qué significa?

Alessandro se pasó la mano por el pelo. Nervioso, paseó por la habitación. Tras unos minutos, se colocó delante de ella con gesto serio.

–No... no estoy preparado para... separarme de ti.

–¿No estás preparado para separarte? –repitió ella con una carcajada de incredulidad–. No te importa nadie que no seas tú mismo, ¿verdad? No te importa lo hundida que estoy, lo mal que me siento por haberme enamorado de ti. No te importa haberme puesto en una situación imposible. Solo quieres salirte con la tuya –le espetó ella con lágrimas en los ojos y la cabeza gacha.

–No lo entiendes.

–Entonces, ¿por qué no me lo explicas? Dime qué es lo que no entiendo.

–Me haces sentir vivo. Cuando estoy contigo, siento que mi vida tiene sentido.

Laura cerró los ojos. No quería albergar vanas esperanzas. ¿Era una especie de truco? ¿Estaba soñando? Desorientada, vio cómo Alessandro tomaba una silla para sentarse a su lado y hundía la cabeza entre las manos. Sin poder evitarlo, posó la mano en su brazo, deseando animarlo.

–Me dijiste que te habías enamorado de mí sin planearlo –murmuró él, todavía sin mirarla–. Mi reacción automática fue cerrarme en banda. Tengo mis propias reglas. Nada de amor, nada de compromisos, nada de relaciones a largo plazo. Sin embargo, no puedo soportar la idea de no tenerte a mi lado. Cuando dejamos de hablarnos, me sentí fatal.

–Te sientes mal por no poder seguir acostándote

conmigo, porque todavía no has llegado al punto de aburrirte de mí –replicó ella.

–No solo es por el sexo –afirmó él.

–Qué raro que no lo comentaras antes, cuando yo te desnudé mi corazón. Es raro que desaparecieras durante horas y que durmieras en otra habitación. ¿Dónde estuviste?

–¿Estás celosa?

–¡Ay, olvídalo!

–Me senté en la playa, mirando el cielo. Me quedé horas pensando.

–Fue entonces cuando decidiste que querías quedarte conmigo porque todavía no te habías hartado de lo nuestro, ¿no?

–Me dije que era buena idea terminar porque no podía sostener las expectativas de una mujer enamorada de mí –admitió él con un profundo suspiro–. Hasta que te conocí, nunca me había preguntado por qué yo no quería tener lo que la mayoría de la gente quiere, una pareja, una familia. Me has hecho cuestionar mi patrón de comportamiento. He crecido solo. Siempre pensé que era un hombre fuerte y que implicarme emocionalmente en una relación me debilitaría. Por eso, nunca he querido hacerlo, pero...

–¿Pero? –preguntó ella con el corazón latiéndole a toda velocidad.

–Pero... empecé a descubrir cosas sobre mi padre, sobre mi pasado. Empecé a abrirte mi corazón con un millón de pequeños detalles, sin apenas darme cuenta. Pensé que solo se trataba de sexo, porque así ha sido siempre para mí. Sin embargo, estaba equivocado. Y hoy, mientras veníamos hasta aquí...

Laura contuvo la respiración, tratando de no ilusionarse. No era posible anticiparse a los pensamientos de aquel hombre formidable y complejo.

–Estaba asustado –confesó él, sonrojado.

Algo dentro de Laura se derritió. Alessandro estaba asustado. Le estaba confiando su vulnerabilidad. Y ella lo creía.

–¿Me estás diciendo la verdad? –inquirió Laura de todos modos.

–Nunca miento –contestó él con una sonrisa–. Digo la verdad. No puedo imaginarme el futuro sin ti. Eso debe de ser amor. Nunca me había sentido así. No fui capaz de reconocer las señales, pero ahora empiezo a entenderlo. Te amo. No es solo deseo. Necesito estar contigo y no puedo soportar pensar que no estés a mi lado cada día durante el resto de mi vida. ¿Vas a decir algo? ¿O vas a dejar que siga hablando como un tonto?

–Me gusta que hables como un tonto –susurró ella.

–No me sorprendió ver al párroco aquí –admitió él con una sonrisa–. Me alegró. Quiero hacer exactamente lo que el cura, mi padre y tu abuela nos sugieren. Quiero casarme contigo. Y tú, Laura Reid... ¿quieres ser mi mujer?

Ella sonrió. ¡Alessandro la amaba! Deseó gritarlo a los cuatro vientos y abrazarlo con todas sus fuerzas.

–Te quiero con toda mi alma, Alessandro –repuso ella, acariciándole el rostro con los dedos–. Eres todo mi mundo y me casaré contigo, sí. Es posible que te hayas pasado toda la vida evitando el compromiso, pero te advierto que no podrás librarte nunca de mí.

–Qué dulce castigo –susurró él, envolviéndola en el más tierno de los besos.

# *Bianca*

**«Todo el mundo tiene un precio, Darcy. Yo te he dicho cuál es el mío, ahora dime cuál es el tuyo».**

La secretaria Darcy Lennox sabía lo exigente que podía ser su multimillonario jefe, Maximiliano Fonseca Roselli. Su fiera ambición era bien conocida, pero casarse con él para que se asegurase el contrato del siglo iba más allá del deber.

Max, un hombre al que no se le podía negar nada, se mostró imperturbable ante su reticencia a contraer un falso matrimonio. En su mundo, todos tenían un precio y estaba decidido a convencerla para que revelase el suyo.

Pero, después de un apasionado beso, Darcy descubrió que la apuesta era mucho más alta de lo que ninguno de los dos había imaginado.

# REENCUENTRO CON SU PASADO
**ABBY GREEN**

# Acepte 2 de nuestras mejores novelas de amor GRATIS

## ¡Y reciba un regalo sorpresa!

## Oferta especial de tiempo limitado

**Rellene el cupón y envíelo a**

**Harlequin Reader Service®**
3010 Walden Ave.
P.O. Box 1867
Buffalo, N.Y. 14240-1867

**¡Sí!** Por favor, envíenme 2 novelas de amor de Harlequin (1 Bianca® y 1 Deseo®) gratis, más el regalo sorpresa. Luego remítanme 4 novelas nuevas todos los meses, las cuales recibiré mucho antes de que aparezcan en librerías, y factúrenme al bajo precio de $3,24 cada una, más $0,25 por envío e impuesto de ventas, si corresponde*. Este es el precio total, y es un ahorro de casi el 20% sobre el precio de portada. ¡Una oferta excelente! Entiendo que el hecho de aceptar estos libros y el regalo no me obliga en forma alguna a la compra de libros adicionales. Y también que puedo devolver cualquier envío y cancelar en cualquier momento. Aún si decido no comprar ningún otro libro de Harlequin, los 2 libros gratis y el regalo sorpresa son míos para siempre.

416 LBN DU7N

| | |
|---|---|
| Nombre y apellido | (Por favor, letra de molde) |
| Dirección | Apartamento No. |
| Ciudad | Estado | Zona postal |

Esta oferta se limita a un pedido por hogar y no está disponible para los subscriptores actuales de Deseo® y Bianca®.
*Los términos y precios quedan sujetos a cambios sin aviso previo.
Impuestos de ventas aplican en N.Y.

SPN-03

©2003 Harlequin Enterprises Limited

# ¿VENGANZA O PASIÓN?

## MAXINE SULLIVAN

Tate Chandler jamás había deseado a una mujer tanto como a Gemma Watkins... hasta que ella lo traicionó. Sin embargo, cuando se enteró de que tenían un hijo, le exigió a Gemma que se casara con él o lucharía por la custodia del niño. Tate era un hombre de honor y crearía una familia para su heredero, aunque eso significara casarse con una mujer en la que no confiaba. Su matrimonio era solo una obligación. No obstante, la belleza de Gemma lo tentaba para convertirla en su esposa en todos los sentidos...

**ELLA HABÍA VUELTO A SU VIDA, PERO NO SOLA...**

## ¡YA EN TU PUNTO DE VENTA!

## El rey guardaba un secreto...

Nadie en el reino de Zaffi-rinthos sabía que, a conse-cuencia de un horrible acci-dente, el rey tenía amnesia. Era tal la pérdida de me-moria, que no sabía por qué Melissa Maguire, esa mujer inglesa tan bella, le inspira-ba unos sentimientos tan profundos.

Convencido de que no es-taba capacitado para rei-nar, decidió renunciar a sus derechos dinásticos, pero Melissa tenía algo impor-tante que decirle: ¡tenía un heredero!

Según la ley, Carlo no podía abdicar, así que iba a tener que encontrar la manera de llevarse bien con Melissa, su nueva reina.

## EL REY DE MI CORAZÓN
### SHARON KENDRICK

**2**